Édition bilingue
ANGLAIS-FRANÇAIS
avec lecture audio intégrée

Pour écouter la lecture de ce livre
dans sa version anglaise ou dans sa traduction française
scannez le code en début de chapitre
avec votre téléphone portable, tablette
ou encore votre webcam depuis le site HTTPS://WEBQR.COM

Nouvelle
Littérature britannique

Titre original :
THE MAN WHO WOULD BE KING

Traduction française :
Louis Fabulet, Robert d'Humières

Lecture en anglais :
Philippa

Lecture en français :
Éric

ISBN : 978-2-37808-058-7
© L'Accolade Éditions, 2019

RUDYARD KIPLING

l'homme qui voulut ÊTRE ROI

ACCOLADE
Éditions

THE BEGINNING OF EVERYTHING was in a railway train upon the road to Mhow from Ajmir. There had been a deficit in the Budget, which necessitated travelling, not Second-class, which is only half as dear as First-class, but by Intermediate, which is very awful indeed. There are no cushions in the Intermediate class, and the population are either Intermediate, which is Eurasian, or native, which for a long night journey is nasty; or Loafer, which is amusing though intoxicated. Intermediates do not patronize refreshment-rooms. They carry their food in bundles and pots, and buy sweets from the native sweetmeat-sellers, and drink the roadside water. That is why in the hot weather Intermediates are taken out of the carriages dead, and in all weathers are most properly looked down upon.

My particular Intermediate happened to be empty till I reached Nasirabad, when a huge gentleman in shirt-sleeves entered, and, following the custom of Intermediates, passed the time of day. He was a wanderer

Le commencement de tout, ce fut dans le train sur la route d'Ajmir à Mhow. Un déficit budgétaire, survenu à cette époque, nécessitait le voyage non pas en secondes, qui ne coûte que la moitié du prix des premières, mais en classe intermédiaire, ce qui est absolument odieux. Il n'y a pas de banquettes rembourrées en classe intermédiaire, et le public y est soit intermédiaire, c'est-à-dire Eurasien, soit indigène, ce qui finit par incommoder au bout d'un long trajet, soit de l'espèce vagabond, gens d'esprit quoique ivrognes. Les intermédiaires ne patronnent pas les buffets de chemin de fer. Ils portent leurs vivres dans des paquets ou des pots, achètent des sucreries au marchand de bonbons indigène et boivent l'eau le long des routes. C'est pourquoi, en été, on les extrait parfois défunts de leurs compartiments et qu'en toutes saisons on leur témoigne, à juste titre, un minimum de considération.

Mon compartiment, à moi, resta vide par hasard jusqu'à la gare de Nasirabad où un monsieur de considérable prestance et en bras de chemise y pénétra, et, selon la coutume des intermédiaires, se mit incontinent à l'aise. C'était un errant

and a vagabond like myself, but with an educated taste for whiskey. He told tales of things he had seen and done, of out-of-the-way corners of the Empire into which he had penetrated, and of adventures in which he risked his life for a few days' food. "If India was filled with men like you and me, not knowing more than the crows where they'd get their next day's rations, it isn't seventy millions of revenue the land would be paying—it's seven hundred million," said he; and as I looked at his mouth and chin I was disposed to agree with him. We talked politics—the politics of Loaferdom that sees things from the underside where the lath and plaster is not smoothed off—and we talked postal arrangements because my friend wanted to send a telegram back from the next station to Ajmir, which is the turning-off place from the Bombay to the Mhow line as you travel westward. My friend had no money beyond eight annas which he wanted for dinner, and I had no money at all, owing to the hitch in the Budget before mentioned. Further, I was going into a wilderness where, though I should resume touch with the Treasury, there were no telegraph offices. I was, therefore, unable to help him in any way.

"We might threaten a Station-master, and make him send a wire on tick," said my friend, "but that'd mean inquiries for you and for me, and I've got my hands full these days. Did you say you are travelling back along this line within any days?"

et un vagabond, comme moi-même ; doué, par surplus, d'un goût cultivé pour le whisky. Il racontait des choses vues ou accomplies en tels coins perdus de l'empire où il avait pénétré, des épisodes de vie risquée pour la subsistance de quelques jours. « Si l'Inde ne comptait que des gens comme vous et moi, qui ne savent pas plus que les corbeaux où ils prendront leur ration du lendemain, ce n'est pas soixante-dix millions de revenu que produirait le pays, mais sept cents millions », disait-il, et, à regarder sa bouche et ses mâchoires, je me sentais enclin à partager son avis. Nous parlâmes politique, — cette politique des gueux et de leur république qui voit l'envers des choses, le côté dont on n'a point poli les lattes ni le plâtras, et nous causâmes organisation postale, parce que mon ami voulait envoyer une dépêche de la prochaine station à Ajmir, où bifurque sur Mhow la ligne de Bombay, quand on vient de l'Est. Mon ami n'avait pas d'argent, sinon huit *annas* qu'il réservait pour son dîner, et je n'avais, moi, pas d'argent du tout, en raison de l'accroc budgétaire mentionné plus haut. De plus, je m'enfonçais dans des solitudes, lesquelles, bien que je dusse y reprendre contact avec le Trésor, manquaient de bureau télégraphique. Je me trouvais en conséquence parfaitement incapable de lui venir en aide.

— On pourrait bousculer un chef de gare et lui faire expédier une dépêche à l'œil, dit mon ami, mais il s'ensuivrait des enquêtes sur vous et moi, et je suis vraiment trop occupé ces jours-ci. Vous disiez que vous reveniez par la même ligne prochainement ?

"Within ten," I said.

"Can't you make it eight?" said he. "Mine is rather urgent business."

"I can send your telegram within ten days if that will serve you," I said.

"I couldn't trust the wire to fetch him now I think of it. It's this way. He leaves Delhi on the 23d for Bombay. That means he'll be running through Ajmir about the night of the 23d."

"But I'm going into the Indian Desert," I explained.

"Well and good," said he. "You'll be changing at Marwar Junction to get into Jodhpore territory—you must do that—and he'll be coming through Marwar Junction in the early morning of the 24th by the Bombay Mail. Can you be at Marwar Junction on that time? 'Twon't be inconveniencing you because I know that there's precious few pickings to be got out of these Central India States—even though you pretend to be correspondent of the Backwoodsman."

"Have you ever tried that trick?" I asked.

"Again and again, but the Residents find you out, and then you get escorted to the Border before you've time to get your knife into them. But about my friend here. I must give him a word o' mouth to tell him what's come to me or else he won't know where to go. I would take it more than kind of you if you was to come out of Central India in time to catch him

— Dans dix jours, répondis-je.

— Vous ne pourriez pas réduire à huit ? dit-il. Mon affaire est plutôt pressée.

— Je puis envoyer votre télégramme dans dix jours au plus tard, si cela peut vous rendre service, dis-je.

— Réflexions faites, j'aurais peur de manquer mon homme maintenant, si j'envoyais une dépêche. Voilà ce que c'est : il quitte Delhi le 23 pour Bombay. Cela veut dire qu'il passera à Ajmir dans la nuit du même jour.

— Mais je serai au fond du désert, expliquai-je.

— Parfaitement, dit-il. Vous changez à Marwar pour entrer dans le territoire de Jodhpore, c'est nécessaire, et lui passera à Marwar, avec la malle de Bombay, de bonne heure dans la matinée du 24. Pouvez-vous vous trouver à ce moment à la gare de Marwar ? Cela ne vous dérangera guère, je sais qu'il n'y a pas grand-chose à faire dans ces États de l'Inde centrale — même en se faisant passer pour correspondant du *Backwoodsman*.

— Vous y êtes allé de ce truc-là ? demandai-je.

— Des masses de fois, mais on se fait pincer par les résidents et ramener à la frontière avant d'avoir eu le temps d'amorcer. Mais pour l'ami dont je vous parle, il faut absolument que je lui fasse connaître de vive voix ce que je suis devenu ou bien il ne saura pas où aller. Ça serait plus que gentil à vous, si vous pouviez quitter l'Inde centrale à temps pour l'attraper

at Marwar Junction, and say to him:—'He has gone South for the week.' He'll know what that means. He's a big man with a red beard, and a great swell he is. You'll find him sleeping like a gentleman with all his luggage round him in a second-class compartment. But don't you be afraid. Slip down the window, and say:—'He has gone South for the week,' and he'll tumble. It's only cutting your time of stay in those parts by two days. I ask you as a stranger—going to the West," he said with emphasis.

"Where have you come from?" said I.

"From the East," said he, "and I am hoping that you will give him the message on the Square—for the sake of my Mother as well as your own."

Englishmen are not usually softened by appeals to the memory of their mothers, but for certain reasons, which will be fully apparent, I saw fit to agree.

"It's more than a little matter," said he, "and that's why I ask you to do it—and now I know that I can depend on you doing it. A second-class carriage at Marwar Junction, and a red-haired man asleep in it. You'll be sure to remember. I get out at the next station, and I must hold on there till he comes or sends me what I want."

"I'll give the message if I catch him," I said, "and for the sake of your Mother as well as mine I'll give you a word of advice. Don't try to run the Central India States

à Marwar et lui dire : « Il est allé Sud pour la semaine. »
Il saura ce que ça signifie. C'est un fort bonhomme avec
une barbe rouge, et distingué, je vous prie de croire. Vous
le trouverez dormant comme un monsieur, tous ses bagages
autour de lui, en secondes. Mais n'ayez pas peur. Baissez
la glace et dites : « Il est allé Sud pour la semaine. » Il se
grouillera. Cela ne raccourcit que de deux jours votre séjour
là-bas. Je vous le demande comme à un étranger sur la route
de l'Ouest, dit-il avec emphase.

— Et vous, d'où venez-vous ? dis-je.

— De l'Est, dit-il, et j'espère que vous lui ferez la commission sans faute, pour l'amour de ma mère comme de
la vôtre.

L'Anglais ne s'émeut guère en général d'entendre invoquer
la mémoire de sa mère, mais, pour certaines raisons qui
apparaîtront dans la suite, je crus devoir m'engager.

— Il s'agit de choses sérieuses, dit-il, et c'est pour cela que
je vous demande de le faire — et je sais maintenant que je
peux y compter. Un compartiment de secondes en gare de
Marwar, et un homme roux endormi sur la banquette. Vous
vous rappellerez bien. Je descends à la prochaine station et
il faut que je reste là jusqu'à ce qu'il vienne ou m'envoie
ce qu'il faut.

— Je ferai la commission, si je le joins, dis-je, et, pour l'amour
de votre mère comme de la mienne, je vous donnerai un petit conseil. N'essayez pas de faire les États de l'Inde centrale

just now as the correspondent of the Backwoodsman. There's a real one knocking about here, and it might lead to trouble."

"Thank you," said he simply, "and when will the swine be gone? I can't starve because he's ruining my work. I wanted to get hold of the Degumber Rajah down here about his father's widow, and give him a jump."

"What did he do to his father's widow, then?"

"Filled her up with red pepper and slippered her to death as she hung from a beam. I found that out myself and I'm the only man that would dare going into the State to get hush-money for it. They'll try to poison me, same as they did in Chortumna when I went on the loot there. But you'll give the man at Marwar Junction my message?"

He got out at a little roadside station, and I reflected.

I had heard, more than once, of men personating correspondents of newspapers and bleeding small Native States with threats of exposure, but I had never met any of the caste before. They lead a hard life, and generally die with great suddenness. The Native States have a wholesome horror of English newspapers, which may throw light on their peculiar methods of government, and do their best to choke correspondents with champagne, or drive them out of their mind with four-in-hand barouches.

en ce moment-ci, à titre de correspondant du *Backwoodsman*.
Il y en a un vrai qui se balade par là et cela pourrait mal tourner.

— Merci, dit-il avec simplicité, et quand le pourceau s'en
va-t-il ? Je ne peux pas mourir de faim parce que cela lui plaît
de me gâter mon travail. Je comptais empaumer le rajah de
Degumber, à propos de la veuve de son père, et lui donner
le trac.

— Qu'est-ce qu'il a donc fait à la veuve de son père ?

— Bourrée de poivre rouge, pendue à une poutre par un
pied et fouettée à mort à coups de babouche. J'ai découvert
le pot aux roses moi-même et je suis le seul qui oserait
passer les frontières de Degumber pour aller faire le prix de
ma discrétion. Ils essayeront de m'empoisonner, comme à
Chortumna, quand j'allai butiner par l'a. Mais vous ferez ma
commission à l'homme de la gare de Marwar ?

Il descendit en route à une petite station et je me mis
à réfléchir.

J'avais ouï-parler plus d'une fois de ces hommes qui,
assumant le personnage de correspondants de journaux,
saignent les petits États indigènes en les menaçant de
scandale, mais je n'avais rencontré aucun membre de leur caste
auparavant. Ils mènent une dure vie et meurent généralement
de mort très subite. Les États indigènes professent une salutaire
horreur pour les journaux anglais, toujours susceptibles de
mettre en lumière leurs méthodes originales de gouvernement,
et font de leur mieux pour gorger le journaliste de champagne
ou lui tourner la tête à renfort de landaus à quatre chevaux.

They do not understand that nobody cares a straw for the internal administration of Native States so long as oppression and crime are kept within decent limits, and the ruler is not drugged, drunk, or diseased from one end of the year to the other. Native States were created by Providence in order to supply picturesque scenery, tigers and tall-writing. They are the dark places of the earth, full of unimaginable cruelty, touching the Railway and the Telegraph on one side, and, on the other, the days of Harun-al-Raschid. When I left the train I did business with divers Kings, and in eight days passed through many changes of life. Sometimes I wore dress-clothes and consorted with Princes and Politicals, drinking from crystal and eating from silver. Sometimes I lay out upon the ground and devoured what I could get, from a plate made of a flapjack, and drank the running water, and slept under the same rug as my servant. It was all in a day's work.

Then I headed for the Great Indian Desert upon the proper date, as I had promised, and the night Mail set me down at Marwar Junction, where a funny little, happy-go-lucky, native managed railway runs to Jodhpore. The Bombay Mail from Delhi makes a short halt at Marwar. She arrived as I got in, and I had just time to hurry to her platform and

Ils ne comprennent pas que personne ne se soucie pas plus que d'une guigne de l'administration intérieure d'un État indigène, tant que l'oppression et la criminalité s'y maintiennent dans des bornes raisonnables et tant que le chef n'y reste pas sous l'influence de l'opium, de l'eau-de-vie ou de la maladie d'un bout de l'année à l'autre. Les États indigènes furent créés par la Providence, afin de pourvoir le monde de décors pittoresques, de tigres et de descriptions. Ce sont de sombres coins de la terre, pleins d'inimaginables cruautés, qui touchent d'un côté au chemin de fer et au télégraphe et, de l'autre, aux jours d'Haroun-al-Raschid. En débarquant du train, je m'acquittai de mes affaires avec divers potentats, et passai, en huit jours, par les phases de vie les plus variées. Tantôt en frac, j'allais de pair et compagnon avec princes et Résidents, buvant dans le cristal et servi dans l'argenterie. Tantôt, vautré sur le sol nu, trop heureux de dévorer la première nourriture venue, un Chapatti[1] me servant d'assiette, je buvais l'eau des ruisseaux et partageais la couverture de mon domestique. Tout cela rentrait dans la besogne du jour.

Puis je mis le cap sur le Grand Désert Indien à la date convenue, comme je l'avais promis, et le train de nuit me déposa à la gare de Marwar, d'où un drôle de petit va-comme-je-te-pousse de chemin de fer, à personnel indigène, bifurque sur Jodhpore. Le train postal entre Delhi et Bombay fait une courte halte à Marwar. Il arriva comme j'entrais dans la gare et j'eus à peine le temps de courir au quai et

---

1. Sorte de galette indigène qui remplace le pain.

go down the carriages. There was only one second-class on the train. I slipped the window and looked down upon a flaming red beard, half covered by a railway rug. That was my man, fast asleep, and I dug him gently in the ribs. He woke with a grunt and I saw his face in the light of the lamps. It was a great and shining face.

"Tickets again?" said he.

"No," said I. "I am to tell you that he is gone South for the week. He is gone South for the week!"

The train had begun to move out. The red man rubbed his eyes.

"He has gone South for the week," he repeated. "Now that's just like his impudence. Did he say that I was to give you anything?—'Cause I won't."

"He didn't," I said and dropped away, and watched the red lights die out in the dark. It was horribly cold because the wind was blowing off the sands. I climbed into my own train—not an Intermediate Carriage this time—and went to sleep.

If the man with the beard had given me a rupee I should have kept it as a memento of a rather curious affair. But the consciousness of having done my duty was my only reward.

Later on I reflected that two gentlemen like my friends could not do any good if they foregathered and personated correspondents of newspapers,

de scruter les voitures. Il n'y en avait qu'une de secondes dans le train. Je baissai la glace et découvris une barbe d'un rouge flamboyant à demi cachée par une couverture de voyage. C'était mon homme. Il dormait à poings fermés et je l'ébranlai légèrement d'un petit coup dans les côtes. Il s'éveilla en grognant et je vis sa figure à la clarté des lampes. C'était une large figure, à peau qui luisait.

— Encore les billets ? dit-il.

— Non. Je suis chargé de vous dire qu'il est allé Sud pour la semaine. Il est allé Sud pour la semaine.

Le train partait. L'homme roux se frotta les yeux et répéta :

— Il est allé Sud pour la semaine ? Ça ressemble bien à son impudence. A-t-il dit que je vous donnerais quelque chose ? Parce que je n'en ferai rien.

— Il n'a rien dit, répondis-je en sautant du marchepied.

Les fanaux rouges s'enfonçaient dans la nuit. Il faisait un froid horrible, car le vent soufflait de la région des sables. Je grimpai dans mon propre train — pas en intermédiaire cette fois — et m'endormis.

Si l'homme barbu m'avait donné une roupie, je l'aurais gardée en souvenir d'une affaire assez curieuse. Mais la conscience du devoir accompli fut ma seule récompense.

Plus tard je réfléchis que deux compères de l'espèce de mes amis ne feraient rien de bon à jouer les faux journalistes,

and might, if they "stuck up" one of the little rat-trap states of Central India or Southern Rajputana, get themselves into serious difficulties. I therefore took some trouble to describe them as accurately as I could remember to people who would be interested in deporting them; and succeeded, so I was later informed, in having them headed back from the Degumber borders.

Then I became respectable, and returned to an Office where there were no Kings and no incidents except the daily manufacture of a newspaper.

A newspaper office seems to attract every conceivable sort of person, to the prejudice of discipline. Zenana-mission ladies arrive, and beg that the Editor will instantly abandon all his duties to describe a Christian prize-giving in a back-slum of a perfectly inaccessible village; Colonels who have been overpassed for commands sit down and sketch the outline of a series of ten, twelve, or twenty-four leading articles on Seniority versus Selection; missionaries wish to know why they have not been permitted to escape from their regular vehicles of abuse and swear at a brother-missionary under special patronage of the editorial We; stranded theatrical companies troop up to explain that they cannot pay for their advertisements, but on their return from New Zealand or Tahiti will do so with interest;

et pourraient s'attirer des difficultés sérieuses au cas où ils voudraient appâter un de ces petits pièges à rats d'États indigènes de l'Inde centrale ou du Rajpoutana. Je pris en conséquence la peine de donner leur signalement. Aussi minutieux que le permettaient mes souvenirs, aux gens qui eussent pu avoir intérêt à les déporter, et je réussis, comme je l'appris plus tard, à les empêcher de franchir les frontières du Degumber.

Puis je redevins personne respectable et réintégrai mon bureau où ne se produisaient ni rois ni incidents, sauf la composition quotidienne d'un journal.

Un bureau de journal semble avoir le privilège d'attirer une inconcevable variété de personnes, au plus grand préjudice de la discipline. Des dames missionnaires arrivent et somment le directeur d'abandonner sur l'heure toutes ses obligations, afin de décrire une distribution de prix d'école chrétienne dans l'arrière-faubourg d'un village d'ailleurs parfaitement inaccessible ; des colonels, négligés sur le tableau d'avancement, s'installent et ébauchent les grandes lignes d'une série de dix, douze ou vingt-quatre articles de tête, à propos de l'ancienneté et du choix ; des missionnaires exigent de savoir pourquoi ils n'auraient pas le droit de changer pour une fois la nature de leurs plaintes et d'agonir un collègue spécialement placé sous le patronage directorial ; des troupes de comédiens à la côte envahissent les bureaux à l'effet d'expliquer qu'ils ne peuvent pas payer leur publicité, mais qu'à leur retour de Tahiti ou de Nouvelle-Zélande ils s'en acquitteront avec usure ;

inventors of patent punkah-pulling machines, carriage
couplings and unbreakable swords and axle-trees call with
specifications in their pockets and hours at their disposal;
tea-companies enter and elaborate their prospectuses with
the office pens; secretaries of ball-committees clamor to
have the glories of their last dance more fully expounded;
strange ladies rustle in and say:—"I want a hundred lady's
cards printed at once, please," which is manifestly part
of an Editor's duty; and every dissolute ruffian that ever
tramped the Grand Trunk Road makes it his business to
ask for employment as a proof-reader. And, all the time,
the telephone-bell is ringing madly, and Kings are being
killed on the Continent, and Empires are saying, "You're
another," and Mister Gladstone is calling down brimstone
upon the British Dominions, and the little black copy-boys
are whining, "kaa-pi chayha-yeh" (copy wanted) like tired
bees, and most of the paper is as blank as Modred's shield.

But that is the amusing part of the year. There are
other six months wherein none ever come to call, and
the thermometer walks inch by inch up to the top
of the glass, and the office is darkened to just above
reading light, and the press machines are red-hot of
touch, and nobody writes anything but accounts of
amusements in the Hill-stations or obituary notices.

des inventeurs de moteurs à pankahs patentés, de vis d'attelage pour wagons, de sabres ou d'arbres de couche incassables, font visite, des certificats plein les poches, et désireux de se voir fixer quelques heures d'entretien ; des compagnies pour la vente du thé entrent, s'assoient et élaborent leurs prospectus avec les plumes du bureau ; des secrétaires de comités dansants objurguent avec éclat le rédacteur mondain afin d'obtenir un plus ample compte rendu des gloires de leur dernier bal ; des dames inconnues font irruption dans un frou-frou de jupes et disent « Il me faut un cent de cartes de visite tout de suite, s'il vous plaît, » ce qui rentre manifestement dans les attributions d'un directeur ; et le moindre, le plus dissolu des ruffians qui jamais ait vagabondé le long de la grand-route se fait un devoir de venir demander une place de correcteur d'épreuves. Et tout le temps le timbre du téléphone tinte frénétiquement, on tue des rois sur le continent, des empires se disent : « Vous en êtes un autre, » et *mossieu* Gladstone appelle le feu du ciel sur les colonies britanniques, tandis que les petits typos noirs geignent « *kaa pi-chay-ha-yeh* » (on demande de la copie), comme des abeilles lasses, et qu'aux trois quarts le journal est encore aussi blanc que l'écu de Modred.

Mais cela, c'est le moment amusant de l'année. Il y a six autres mois où personne ne vient jamais, où le thermomètre, pouce par pouce, grimpe en haut de l'échelle, où l'ombre maintenue dans le bureau permet à peine de lire, où les presses brûlent au toucher, et où personne n'écrit guère que des comptes rendus de fêtes dans les stations de montagne ou des notices nécrologiques.

Then the telephone becomes a tinkling terror, because it tells you of the sudden deaths of men and women that you knew intimately, and the prickly-heat covers you as with a garment, and you sit down and write:—"A slight increase of sickness is reported from the Khuda Janta Khan District. The outbreak is purely sporadic in its nature, and, thanks to the energetic efforts of the District authorities, is now almost at an end. It is, however, with deep regret we record the death, etc."

Then the sickness really breaks out, and the less recording and reporting the better for the peace of the subscribers. But the Empires and the Kings continue to divert themselves as selfishly as before, and the foreman thinks that a daily paper really ought to come out once in twenty-four hours, and all the people at the Hill-stations in the middle of their amusements say:—"Good gracious! Why can't the paper be sparkling? I'm sure there's plenty going on up here."

That is the dark half of the moon, and, as the advertisements say, "must be experienced to be appreciated."

It was in that season, and a remarkably evil season, that the paper began running the last issue of the week on Saturday night, which is to say Sunday morning, after the custom of a London paper.

C'est alors que le téléphone se transforme en terreur tintinnabulante, toujours prêt à vous annoncer des morts subites d'hommes ou de femmes que vous connaissiez intimement. Le *prickly heat*[1] vous recouvre comme d'un vêtement, et l'on s'assied pour écrire : « On annonce un léger accroissement dans la mortalité du district de Khuda Janta Khan. L'épidémie, de nature purement sporadique, grâce aux efforts énergiques des autorités locales, est maintenant à peu près vaincue. C'est cependant avec un profond regret que nous enregistrons la mort, etc., etc. »

Puis l'épidémie éclate pour de bon, et moins on enregistre ou moins on rédige à ce sujet, mieux vaut pour le repos des abonnés. Mais Empires et Rois continuent à se divertir avec autant d'égoïsme que devant, le chef typographe trouve qu'un journal quotidien ne devrait point en vérité paraître plus d'une fois toutes les vingt-quatre heures, et les gens des stations d'été interrompent leurs plaisirs pour dire : « Mon Dieu, qu'est-ce qui empêche ce journal d'être brillant ? Il se passe bien assez de choses par ici. »

Voilà le côté sombre de la situation, et, comme on dit aux annonces : s Il faut en goûter pour en juger.

Ce fut en cette saison — pire que jamais cette année-là — que le journal inaugura le système d'imprimer le dernier tirage de la semaine dans la nuit du samedi, c'est-à-dire le dimanche matin comme les journaux de Londres.

---

1. Éruption cutanée accompagnée de démangeaisons et particulière à l'été tropical.

This was a great convenience, for immediately after the paper was put to bed, the dawn would lower the thermometer from 96° to almost 84° for almost half an hour, and in that chill—you have no idea how cold is 84° on the grass until you begin to pray for it—a very tired man could set off to sleep ere the heat roused him.

One Saturday night it was my pleasant duty to put the paper to bed alone. A King or courtier or a courtesan or a community was going to die or get a new Constitution, or do something that was important on the other side of the world, and the paper was to be held open till the latest possible minute in order to catch the telegram. It was a pitchy black night, as stifling as a June night can be, and the loo, the red-hot wind from the westward, was booming among the tinder-dry trees and pretending that the rain was on its heels. Now and again a spot of almost boiling water would fall on the dust with the flop of a frog, but all our weary world knew that was only pretence. It was a shade cooler in the press-room than the office, so I sat there, while the type ticked and clicked, and the night-jars hooted at the windows, and the all but naked compositors wiped the sweat from their foreheads and called for water. The thing that was keeping us back, whatever it was, would not come off, though the loo dropped and the last type was set, and the whole round earth stood still in the choking heat, with its finger on its lip, to wait the event.

Précieux avantage qui permettait, une fois la copie sous presse, au rédacteur éreinté de commencer dans la fraîcheur du matin un somme avant que la chaleur le réveillât. L'aube fait baisser le thermomètre de 54° à 42° — et l'on n'imagine pas comme il fait froid à 42° à l'ombre quand on n'a jamais prié pour cette température-là.

Un samedi soir, il me revint l'aimable obligation d'achever le journal tout seul. Un roi, un courtisan, une courtisane ou une communauté allaient mourir, ou obtenir une nouvelle constitution, ou faire quelque chose d'important pour l'autre côté du monde, et le journal devait attendre l'*imprimatur* jusqu'à la dernière minute possible, afin d'attraper le télégramme. C'était une nuit d'encre, étouffante, une vraie nuit de juin, et le *loo*, le vent torride qui souffle de l'ouest, bramait dans l'amadou des branches en faisant semblant d'avoir une pluie sur les talons. Par intervalles, une goutte d'eau presque bouillante tachait la poussière avec un *flop* de grenouille aplatie ; mais, dans sa lassitude, notre univers savait bien que ce n'était que feinte. Il faisait une idée moins chaud dans l'atelier que dans le bureau, de sorte que je m'assis là parmi le cliquetis des machines, les huées des oiseaux de nuit aux fenêtres, les typos, à demi nus, qui épongeaient la sueur de leurs fronts et demandaient à boire. La chose qui nous faisait veiller, quelle qu'elle pût être, refusait d'arriver, quoique le *loo* fût tombé, le dernier caractère en place, et que toute la terre ronde demeurât en suspens dans la chaleur suffocante, un doigt sur les lèvres, attendant l'événement.

I drowsed, and wondered whether the telegraph was a blessing, and whether this dying man, or struggling people, was aware of the inconvenience the delay was causing. There was no special reason beyond the heat and worry to make tension, but, as the clock-hands crept up to three o'clock and the machines spun their fly-wheels two and three times to see that all was in order, before I said the word that would set them off, I could have shrieked aloud.

Then the roar and rattle of the wheels shivered the quiet into little bits. I rose to go away, but two men in white clothes stood in front of me. The first one said:—"It's him!" The second said —"So it is!" And they both laughed almost as loudly as the machinery roared, and mopped their foreheads.

"We see there was a light burning across the road and we were sleeping in that ditch there for coolness, and I said to my friend here, the office is open. Let's come along and speak to him as turned us back from the Degumber State," said the smaller of the two.

He was the man I had met in the Mhow train, and his fellow was the red-bearded man of Marwar Junction. There was no mistaking the eyebrows of the one or the beard of the other.

I was not pleased, because I wished to go to sleep, not to squabble with loafers.

Je m'assoupis, tout en me demandant si l'invention du télégraphe constituait en somme un bien et si ce moribond ou ce peuple en révolte avait conscience du dérangement produit par son retard. Sauf la chaleur et la préoccupation, nulle raison particulière d'énervement, et pourtant, comme les aiguilles de la pendule rampaient jusqu'à trois heures et que les machines essayaient deux ou trois tours de volant avant le mot prononcé qui les lâcherait dans leur carrière, j'aurais pu crier tout haut de fatigue.

Soudain, le grondement et la crécelle des machines déchirèrent le silence en minuscules lambeaux. Je me levais pour sortir quand deux hommes vêtus de blanc s'arrêtèrent devant moi. Le premier dit « C'est lui ! » Le second dit « Ma foi, oui ! » Et ils rirent tous deux à couvrir le bruit des presses et en s'épongeant le front.

« Nous avons vu une lumière de l'autre côté de la route, car nous dormions dans le fossé là-bas, pour avoir frais, et j'ai dit à mon copain que voilà : "Allons parler à celui qui nous a fait mettre hors de l'État de Degumber," dit le plus petit des deux. »

C'était l'homme que j'avais rencontré dans le train de Mhow, et son camarade, l'homme à poil roux de la gare de Marwar. Il n'y avait pas à se tromper aux sourcils de l'un ni à la barbe de l'autre.

Je n'étais pas content, car j'avais plus envie de dormir que de me chamailler avec des vagabonds.

"What do you want?" I asked.

"Half an hour's talk with you cool and comfortable, in the office," said the red-bearded man. "We'd like some drink—the Contrack doesn't begin yet, Peachey, so you needn't look—but what we really want is advice. We don't want money. We ask you as a favor, because you did us a bad turn about Degumber."

I led from the press-room to the stifling office with the maps on the walls, and the red-haired man rubbed his hands.

"That's something like," said he. "This was the proper shop to come to. Now, Sir, let me introduce to you Brother Peachey Carnehan, that's him, and Brother Daniel Dravot, that is me, and the less said about our professions the better, for we have been most things in our time. Soldier, sailor, compositor, photographer, proof-reader, street-preacher, and correspondents of the Backwoodsman when we thought the paper wanted one. Carnehan is sober, and so am I. Look at us first and see that's sure. It will save you cutting into my talk. We'll take one of your cigars apiece, and you shall see us light."

I watched the test. The men were absolutely sober, so I gave them each a tepid peg[1].

---

1. Whiskey and soda.

— Qu'est-ce que vous voulez ? demandai-je.

— Causer une demi-heure, au frais et à l'aise, dans le bureau, dit l'homme à barbe rouge. Nous ne refuserions pas à boire — le contrat n'a pas force encore, Peachey, ce n'est pas la peine de faire une tête — mais ce qu'il nous faut pour de bon c'est des conseils. Nous n'avons pas besoin d'argent. C'est comme une faveur que nous demandons, rapport au sale tour que vous nous avez joué à propos du Degumber.

Je montrai le chemin qui passait de l'imprimerie au bureau suffocant, où des cartes pendaient aux murs. L'homme roux se frotta les mains.

« Il y a du bon, dit-il. Nous avons frappé à la bonne porte. Maintenant, Monsieur, permettez-moi de vous présenter le frère Peachey Carnehan, ça, c'est lui, et le frère Daniel Dravot, ça, c'est moi ; quant à nos professions, moins nous en parlerons mieux ça vaudra ; nous avons fait tous les métiers dans notre temps. Soldats, marins, typos, photographes, correcteurs d'épreuves, prêcheurs en plein vent et correspondants du *Backwoodsman* les fois où le journal en avait besoin. Carnehan est à jeun, moi aussi. Regardez-nous bien d'abord pour être sûr. Ça vous évitera de me couper. Nous allons prendre chacun un cigare et vous tiendrez l'allumette. »

Je tentai l'épreuve. Les deux hommes n'avaient pas bu et je leur fis servir deux *pegs*[1] tiédissants.

---

1. Whisky et Soda.

"Well and good," said Carnehan of the eyebrows, wiping the froth from his mustache. "Let me talk now, Dan. We have been all over India, mostly on foot. We have been boiler-fitters, engine-drivers, petty contractors, and all that, and we have decided that India isn't big enough for such as us."

They certainly were too big for the office. Dravot's beard seemed to fill half the room and Carnehan's shoulders the other half, as they sat on the big table. Carnehan continued:

"The country isn't half worked out because they that governs it won't let you touch it. They spend all their blessed time in governing it, and you can't lift a spade, nor chip a rock, nor look for oil, nor anything like that without all the Government saying—'Leave it alone and let us govern.' Therefore, such as it is, we will let it alone, and go away to some other place where a man isn't crowded and can come to his own. We are not little men, and there is nothing that we are afraid of except Drink, and we have signed a Contrack on that. Therefore, we are going away to be Kings."

"Kings in our own right," muttered Dravot.

"Yes, of course," I said. "You've been tramping in the sun, and it's a very warm night, and hadn't you better sleep over the notion? Come to-morrow."

« À la bonne heure, dit Carnehan, l'homme aux sourcils, en séchant sa moustache. Laisse-moi parler maintenant, Dan. Nous avons fait à peu près toute l'Inde, le plus souvent à pied. Nous avons été ajusteurs de chaudières, conducteurs de locomotives, petits entrepreneurs et le reste, et maintenant nous avons décidé que l'Inde n'est pas assez grande pour les gens de notre acabit. »

Ils étaient certainement trop grands pour le bureau. La barbe de Dravot semblait emplir la moitié de la pièce, et les épaules de Carnehan l'autre moitié, assis qu'ils se tenaient tous deux sur la grande table. Carnehan continua :

— Le pays ne donne pas la moitié de ce qu'il devrait parce que le gouvernement ne veut pas qu'on y touche. Ils passent tout leur sacré temps à gouverner et on ne peut pas soulever une bêche, faire sauter un éclat de pierre ou forer pour de l'huile sans que le gouvernement crie : « Bas les pattes et laissez-nous gouverner. » C'est pourquoi, tel quel, nous allons le laisser en paix et partir pour quelque autre pays où l'on puisse jouer des coudes et faire son chemin. Nous ne sommes pas de petits hommes et nous n'avons peur de rien, que de la boisson, et nous avons signé un contrat sur ce point. Donc, nous nous en allons être rois.

— Rois de plein droit, murmura Dravot.

— Oui, c'est entendu, dis-je. Vous avez traîné vos guêtres au soleil, la nuit est plutôt chaude, et vous feriez peut-être mieux d'aller dormir sur votre idée. Venez demain.

"Neither drunk nor sunstruck," said Dravot. "We have slept over the notion half a year, and require to see Books and Atlases, and we have decided that there is only one place now in the world that two strong men can Sar-a-whack. They call it Kafiristan. By my reckoning its the top right-hand corner of Afghanistan, not more than three hundred miles from Peshawar. They have two and thirty heathen idols there, and we'll be the thirty-third. It's a mountainous country, and the women of those parts are very beautiful."

"But that is provided against in the Contrack," said Carnehan. "Neither Women nor Liquor, Daniel."

"And that's all we know, except that no one has gone there, and they fight, and in any place where they fight a man who knows how to drill men can always be a King. We shall go to those parts and say to any King we find—'D' you want to vanquish your foes?' and we will show him how to drill men; for that we know better than anything else. Then we will subvert that King and seize his Throne and establish a Dynasty."

"You'll be cut to pieces before you're fifty miles across the Border," I said. "You have to travel through Afghanistan to get to that country. It's one mass of mountains and peaks and glaciers, and no Englishman has been through it. The people are utter brutes, and even if you reached them you couldn't do anything."

— Ni coup de soleil, ni verre de trop, dit Dravot. Voilà un an que nous dormons sur notre idée ; nous avons besoin de voir des livres et des atlas, et nous avons conclu qu'il n'y a plus qu'un pays au monde où deux hommes à poigne puissent faire leur petit Sarawak[1]. Cela s'appelle le Kafiristan. À mon idée c'est dans le coin de l'Afghanistan, en haut et à droite, à moins de trois cents milles de Peshawar. Ils ont trente-deux idoles, les païens de là-bas, nous ferons trente-trois. C'est un pays montagneux et les femmes, de ces côtés, sont très belles.

— Mais ça, c'est défendu dans le contrat, dit Carnehan. Ni femmes, ni boisson, Daniel.

— C'est tout ce que nous savons, excepté que personne n'y est allé et qu'on s'y bat. Or, partout où l'on se bat, un homme qui sait dresser des hommes peut toujours être roi. Nous irons dans ce pays, et, au premier roi que nous trouverons, nous dirons : « Voulez-vous battre vos ennemis ? » et nous lui montrerons à instruire des recrues, car c'est ce que nous savons faire le mieux. Puis nous renverserons ce roi, nous saisirons le royaume et nous fonderons une dynastie.

— Vous vous ferez tailler en pièces à cinquante milles passé la frontière, dis-je. Il vous faut traverser l'Afghanistan pour arriver dans ce pays- là. Ce n'est qu'un fouillis de montagnes, de pics et de glaciers que jamais Anglais n'a franchis. Les habitants sont de parfaites brutes, et, en admettant que vous arriviez à eux, il n'y aurait rien à faire.

---

1. Allusion à l'aventure du voyageur Brooke, élu monarque absolu de l'État de Sarawak, dans l'île de Bornéo.

"That's more like," said Carnehan. "If you could think us a little more mad we would be more pleased. We have come to you to know about this country, to read a book about it, and to be shown maps. We want you to tell us that we are fools and to show us your books."

He turned to the book-cases.

"Are you at all in earnest?" I said.

"A little," said Dravot, sweetly. "As big a map as you have got, even if it's all blank where Kafiristan is, and any books you've got. We can read, though we aren't very educated."

I uncased the big thirty-two-miles-to-the-inch map of India, and two smaller Frontier maps, hauled down volume INF-KAN of the Encyclopædia Britannica, and the men consulted them.

"See here!" said Dravot, his thumb on the map. "Up to Jagdallak, Peachey and me know the road. We was there with Roberts's Army. We'll have to turn off to the right at Jagdallak through Laghmann territory. Then we get among the hills— fourteen thousand feet—fifteen thousand— it will be cold work there, but it don't look very far on the map."

I handed him Wood on the Sources of the Oxus. Carnehan was deep in the Encyclopædia.

— J'aime mieux ça, dit Carnehan. Si vous nous trouviez encore plus fous, ça nous ferait encore plus de plaisir. Nous sommes venus à vous pour nous renseigner sur ce pays, pour lire des livres qui en parlent et consulter vos cartes. Nous avons envie de nous faire traiter de fous et de voir vos livres.

Il se tourna vers la bibliothèque.

— Parlez-vous sérieusement, pour de bon ? dis-je.

— Un peu, dit Dravot, avec onction. Nous voulons votre plus grande carte, même s'il y a un blanc à la place du Kafiristan, et tous les livres que vous pouvez avoir. On sait lire, quoiqu'on n'ait pas reçu beaucoup d'éducation.

Je dépliai la grande carte de l'Inde à l'échelle de trente-deux milles au pouce, deux cartes de frontières plus petites, descendis péniblement le tome INF–KAN de l'*Encyclopædia Britannica*, et mes hommes se mirent à les consulter.

« Attention, dit Dravot, un doigt sur la carte. Jusqu'à Jagdallak, Peachey et moi nous connaissons la route. Nous sommes allés là avec l'armée de Roberts. À Jagdallak il faudra prendre à droite à travers le territoire de Laghmann. Puis nous entrons dans les montagnes. Quatorze mille, quinze mille pieds, il fera frais là-haut. Mais ça ne paraît pas très loin sur la carte. »

Je lui passai les *Sources de l'Oxus*, par Wood. Carnehan était plongé dans l'*Encyclopædia*.

"They're a mixed lot," said Dravot, reflectively; "and it won't help us to know the names of their tribes. The more tribes the more they'll fight, and the better for us. From Jagdallak to Ashang. H'mm!"

"But all the information about the country is as sketchy and inaccurate as can be," I protested. "No one knows anything about it really. Here's the file of the United Services' Institute. Read what Bellew says."

"Blow Bellew!" said Carnehan. "Dan, they're an all-fired lot of heathens, but this book here says they think they're related to us English."

I smoked while the men pored over Raverty, Wood, the maps and the Encyclopædia.

"There is no use your waiting," said Dravot, politely. "It's about four o'clock now. We'll go before six o'clock if you want to sleep, and we won't steal any of the papers. Don't you sit up. We're two harmless lunatics, and if you come, to-morrow evening, down to the Serai we'll saygood-by to you."

"You are two fools," I answered. "You'll be turned back at the Frontier or cut up the minute you set foot in Afghanistan. Do you want any money or a recommendation down-country? I can help you to the chance of work next week."

— Ils sont un tas, dit Dravot d'un air méditatif, et ça ne nous avancera guère de savoir les noms de leurs tribus. Plus il y aura de tribus et plus de batailles, tant mieux pour nous. De Jagdallak à Ashang. H'mm !

— Mais tous les renseignements sur la région sont aussi superficiels et aussi vagues que possible, protestai-je. Voici la collection de *United Services Institute*. Lisez ce que dit Bellew.

— Zut pour Bellew ! dit Carnehan. Dan, c'est un sacré tas de païens, mais ce livre-ci dit qu'ils sont apparentés à nous autres Anglais.

Je continuai à fumer, tandis que les deux hommes s'ensevelissaient dans *Raverty*, *Wood*, les cartes et l'*Encyclopædia*.

— Ce n'est pas la peine de nous attendre, dit Dravot poliment. Il est quatre heures à peu près, maintenant. Nous partirons avant six heures si vous voulez dormir et nous ne volerons pas de papiers. Ne veillez pas sur nous. Nous sommes deux toqués pas dangereux, et si vous passez par le Serai demain soir, nous vous dirons adieu.

— Certainement vous êtes fous tous les deux, répondis-je. On vous fera rebrousser à la frontière ou on vous coupera le cou à l'instant où vous mettrez le pied en Afghanistan. Avez-vous besoin d'argent ou d'une recommandation pour les provinces du Sud ? Je peux vous mettre à même de trouver de l'ouvrage la semaine prochaine.

"Next week we shall be hard at work ourselves, thank you," said Dravot. "It isn't so easy being a King as it looks. When we've got our Kingdom in going order we'll let you know, and you can come up and help us to govern it."

"Would two lunatics make a Contrack like that!" said Carnehan, with subdued pride, showing me a greasy half-sheet of note-paper on which was written the following. I copied it, then and there, as a curiosity:—

This Contract between me and you persuing witnesseth in the name of God—Amen and so forth.

(One) That me and you will settle this matter together: i.e., to be Kings of Kafiristan.

(Two) That you and me will not while this matter is being settled, look at any Liquor, nor any Woman black, white or brown, so as to get mixed up with one or the other harmful.

(Three) That we conduct ourselves with Dignity and Discretion, and if one of us gets into trouble the other will stay by him.

Signed by you and me this day.

Peachey Taliaferro Carnehan.

Daniel Dravot.

Both Gentlemen at Large.

— La semaine prochaine nous travaillerons nous-mêmes et d'attaque, merci bien, dit Dravot. Ce n'est pas si facile d'être roi que ça en a l'air. Quand nous aurons notre royaume et que tout fonctionnera, nous vous le ferons dire et vous viendrez nous aider à le gouverner.

— C'est-il deux toqués qui feraient un contrat comme ceci, dit Carnehan avec une nuance de discret orgueil, en me montrant une demi-feuille de papier à lettre graisseux, où on lisait ce qui suit. J'en pris copie sur-le-champ, à titre de curiosité :

Le présent contrat ayant force entre toi et moi, prenant à témoin le nom de Dieu. Amen, etc., etc.

(Un). Que moi et toi déciderons cette affaire ensemble, à savoir d'être rois de Kafiristan.

(Deux). Que toi et moi ne devrons point, pendant que nous déciderons cette affaire, regarder aucune boisson, ni aucune femme noire, blanche ou brune, de manière à ne pas nous embrouiller à cause de l'une ou de l'autre ni que mal s'ensuive.

(Trois). Que nous devrons nous conduire avec prudence et dignité, et que si l'un se trouve dans l'embarras l'autre reste avec lui.

Signé par toi et moi ce jour.

Peachey Taliaferro Carnehan,

Daniel Dravot,

Gentlemen tous deux sans profession.

"There was no need for the last article," said Carnehan, blushing modestly; "but it looks regular. Now you know the sort of men that loafers are—we are loafers, Dan, until we get out of India—and do you think that we could sign a Contrack like that unless we was in earnest? We have kept away from the two things that make life worth having."

"You won't enjoy your lives much longer if you are going to try this idiotic adventure. Don't set the office on fire," I said, "and go away before nine o'clock."

I left them still poring over the maps and making notes on the back of the "Contrack."

"Be sure to come down to the Serai to-morrow," were their parting words.

The Kumharsen Serai is the great four-square sink of humanity where the strings of camels and horses from the North load and unload. All the nationalities of Central Asia may be found there, and most of the folk of India proper. Balkh and Bokhara there meet Bengal and Bombay, and try to draw eye-teeth. You can buy ponies, turquoises, Persian pussy-cats, saddle-bags, fat-tailed sheep and musk in the Kumharsen Serai, and get many strange things for nothing. In the afternoon I went down there to see whether my friends intended to keep their word or were lying about drunk.

Il n'y avait pas nécessité pour le dernier article, dit Carnehan, en rougissant avec modestie ; mais ça vous a l'œil plus correct. Vous savez ce que c'est que des loupeurs — c'est ce que nous sommes encore, Dan, avant d'être sortis de l'Inde — eh bien ! croyez-vous que nous aurions signé un contrat comme cela si nous n'avions pas pris la chose au sérieux ? Nous nous sommes privés des deux choses qui valent la peine de vivre.

« Vous aurez vite fait votre deuil de vivre si vous persistez à tenter cette aventure idiote. Ne mettez pas le feu au bureau, dis-je, et partez avant neuf heures. »

Je les quittai, toujours absorbés dans la lecture des cartes et qui prenaient des notes au dos du « Contrat ».

« Manquez pas de venir au Serai demain, » firent-ils, comme je partais.

Le Serai de Kumharsen est le grand égout humain, à quatre murs en carré, où viennent prendre ou laisser leurs charges les files de chameaux et de chevaux qui arrivent du Nord. On y trouve toutes les nationalités de l'Asie centrale et la plupart des gens de l'Inde propre. Balkh et Bokhara rencontrent là Bengale et Bombay, et tâchent réciproquement de s'y tirer les canines. On peut y acheter des poneys, des turquoises, des chats persans, des moutons à queue charnue ou du musc, dans ce Serai de Kumharsen ; on y attrape même plus d'une chose bizarre gratis. Dans l'après-midi, je descendis de ce côté afin de constater si mes amis tiendraient parole ou si je les trouverais vautrés et ivres-morts.

A priest attired in fragments of ribbons and rags stalked up to me, gravely twisting a child's paper whirligig. Behind him was his servant, bending under the load of a crate of mud toys. The two were loading up two camels, and the inhabitants of the Serai watched them with shrieks of laughter.

"The priest is mad," said a horse-dealer to me. "He is going up to Kabul to sell toys to the Amir. He will either be raised to honor or have his head cut off. He came in here this morning and has been behaving madly ever since."

"The witless are under the protection of God," stammered a flat-cheeked Usbeg in broken Hindi. "They foretell future events."

"Would they could have foretold that my caravan would have been cut up by the Shinwaris almost within shadow of the Pass!" grunted the Eusufzai agent of a Rajputana trading-house whose goods had been feloniously diverted into the hands of other robbers just across the Border, and whose misfortunes were the laughing-stock of the bazar. "Ohé, priest, whence come you and whither do you go?"

"From Roum have I come," shouted the priest, waving his whirligig; "from Roum, blown by the breath of a hundred devils across the sea! O thieves, robbers, liars, the blessing

Un *mullah* vêtu de bouts de rubans et de loques s'avança vers moi d'un pas délibéré. Il agitait gravement un moulinet d'enfant en papier. Son serviteur, derrière lui, pliait sous le poids d'une botte remplie de jouets de terre. L'un et l'autre s'occupaient de charger deux chameaux, et les hôtes du Serai les regardaient faire en se tordant de rire.

— Le *mullah* est fou, me dit un marchand de chevaux. Il va à Kaboul vendre des jouets à l'amir. Il se fera élever aux honneurs ou couper la tête. Il est arrivé ici ce matin et, depuis lors, n'a pas cessé d'agir comme un fou.

— Les simples sont sous la protection de Dieu, bégaya en mauvais hindi un Uzbeg aux joues plates. Ils prédisent les choses de l'avenir.

— Il aurait bien dû me prédire que ma *kafila* se ferait hacher par les Shinwaris, presque à l'ombre de la Passe, grogna un homme de Eusufzai, agent d'une maison de commerce du Rajpoutana, dont les marchandises étaient tombées, par grande félonie, entre les mains d'autres voleurs, à courte distance de la frontière, et que ses infortunes rendaient le plastron du bazar. Ohé, *mullah*, d'où viens-tu et où vas-tu maintenant ?

— De Roum[1] suis-je venu, cria le *mullah* en agitant son moulin en papier, de Roum, poussé par le souffle de cent mille diables, depuis l'autre côté de la mer ! Oh ! voleurs, brigands, menteurs, la bénédiction

---

1. Constantinople.

of Pir Khan on pigs, dogs, and perjurers! Who will take the Protected of God to the North to sell charms that are never still to the Amir? The camels shall not gall, the sons shall not fall sick, and the wives shall remain faithful while they are away, of the men who give me place in their caravan. Who will assist me to slipper the King of the Roos with a golden slipper with a silver heel? The protection of Pir Kahn be upon his labors!"

He spread out the skirts of his gaberdine and pirouetted between the lines of tethered horses.

"There starts a caravan from Peshawar to Kabul in twenty days, Huzrut," said the Eusufzai trader. "My camels go therewith. Do thou also go and bring us good luck."

"I will go even now!" shouted the priest. "I will depart upon my winged camels, and be at Peshawar in a day! Ho! Hazar Mir Khan," he yelled to his servant "drive out the camels, but let me first mount my own."

He leaped on the back of his beast as it knelt, and turning round to me, cried:

"Come thou also, Sahib, a little along the road, and I will sell thee a charm—an amulet that shall make thee King of Kafiristan."

Then the light broke upon me, and I followed the two camels out of the Serai till we reached open road and the priest halted.

de Pir Khan sur les porcs, les chiens et les parjures. Qui veut emmener le Protégé de Dieu vers le Nord afin de vendre à l'amir des charmes qui ne vieillissent point ? Leurs chameaux ne souffriront pas, leurs fils ne tomberont pas malades, leurs femmes demeureront fidèles pendant leur absence à ceux qui me donneront place dans leur *kafila*. Qui m'aidera à chausser le roi des Roos[1] d'une pantoufle d'or à talon d'argent ? La protection de Pir Khan repose sur ses labeurs !

Il rejeta en arrière les pans de son caban et pirouetta parmi les rangs de chevaux entravés.

— Il part une *kafila* de Peshawar pour Kaboul dans vingt jours, *Huzrut*, dit le marchand de Eusufzai. Mes chameaux l'accompagnent. Viens donc avec nous et nous porte bonheur.

— Je partirai tout de suite, cria le *mullah*, je partirai sur mes chameaux ailés, et serai à Peshawar en un jour ! Ho ! Hazar Mir Khan, hurla-t-il à son domestique, fais sortir les chameaux, mais que je monte sur le mien d'abord.

Il sauta sur le dos de la bête agenouillée et s'écria en se tournant vers moi :

« Viens aussi, Sahib, suis-nous un peu sur la route, et je te donnerai un charme — une amulette, qui te fera roi de Kafiristan. »

À ce moment la lumière se fit dans mon esprit. Je suivis les deux chameaux à la sortie du Serai jusqu'à la grand-route où le *mullah* fit halte.

---

1. Les Russes.

"What d' you think o' that?" said he in English. "Carnehan can't talk their patter, so I've made him my servant. He makes a handsome servant. 'Tisn't for nothing that I've been knocking about the country for fourteen years. Didn't I do that talk neat? We'll hitch on to a caravan at Peshawar till we get to Jagdallak, and then we'll see if we can get donkeys for our camels, and strike into Kafiristan. Whirligigs for the Amir, O Lor! Put your hand under the camel-bags and tell me what you feel."

I felt the butt of a Martini, and another and another.

"Twenty of 'em," said Dravot, placidly. "Twenty of 'em, and ammunition to correspond, under the whirligigs and the mud dolls."

"Heaven help you if you are caught with those things!" I said. "A Martini is worth her weight in silver among the Pathans."

"Fifteen hundred rupees of capital—every rupee we could beg, borrow, or steal—are invested on these two camels," said Dravot. "We won't get caught. We're going through the Khaiber with a regular caravan. Who'd touch a poor mad priest?"

"Have you got everything you want?" I asked, overcome with astonishment.

« Qu'en pensez-vous ? dit-il en anglais. Carnehan ne sait pas leur patois, c'est pourquoi j'en ai fait mon domestique. C'est un domestique à la hauteur. Je n'ai pas battu le pays pendant quatorze ans pour rien. C'était bien fait, hein, ce bout de causette tout à l'heure ? Nous nous collerons à une *kafila*, entre Peshawar et Jagdallak, et de là nous verrons à échanger nos chameaux pour des bourricots et à faire notre brèche en Kafiristan. Des petits moulins pour l'amir... Ah ! vingt dieux ! Passez votre main sous les sacs et dites-moi ce que vous sentez. »

Je tâtai la crosse d'un Martini, d'un autre, puis d'un autre encore.

— Il y en a vingt, dit Dravot avec placidité. Vingt et des munitions en conséquence sous les petits moulins et les poupées en terre.

— Le ciel vous aide, si on vous découvre avec ces joujoux-là ! dis-je. Un Martini, chez les Pathans, cela vaut son pesant d'argent.

— Quinze cents roupies de capital — tout ce qu'on a pu mendier, taper ou voler placées là sur ces deux chameaux, dit Dravot. Nous ne nous ferons pas pincer. Nous passons le Khyber avec une vraie *kafila*. Qui toucherait un pauvre fou de *mullah* ?

— Avez-vous tout ce qu'il vous faut ? demandai-je, vaincu par la surprise.

"Not yet, but we shall soon. Give us a momento of your kindness, Brother. You did me a service yesterday, and that time in Marwar. Half my Kingdom shall you have, as the saying is."

I slipped a small charm compass from my watch-chain and handed it up to the priest.

"Good-by," said Dravot, giving me his hand cautiously. "It's the last time we'll shake hands with an Englishman these many days. Shake hands with him, Carnehan," he cried, as the second camel passed me.

Carnehan leaned down and shook hands. Then the camels passed away along the dusty road, and I was left alone to wonder. My eye could detect no failure in the disguises. The scene in the Serai attested that they were complete to the native mind. There was just the chance, therefore, that Carnehan and Dravot would be able to wander through Afghanistan without detection. But, beyond, they would find death, certain and awful death.

Ten days later a native friend of mine, giving me the news of the day from Peshawar, wound up his letter with:— *"There has been much laughter here on account of a certain mad priest who is going in his estimation to sell petty gauds and insignificant trinkets which he ascribes as great charms to H. H. the Amir of Bokhara. He passed through Peshawar and associated himself to the Second Summer caravan that goes to Kabul. The merchants are pleased because through superstition they imagine that such mad fellows bring good-fortune."*

— Pas encore, mais ça viendra bientôt. Donnez-nous un souvenir de votre obligeance, *frère*. Vous m'avez rendu service hier et l'autre fois aussi à Marwar. La moitié de mon royaume sera pour vous, comme dit la chanson.

Je détachai une petite boussole-fétiche de ma chaîne de montre et la tendis au *mullah*.

« Adieu, dit Dravot en me tendant la main avec circonspection. C'est notre dernière poignée de main à un Anglais pour bien des jours. Serre-lui la main, Carnehan ! cria-t-il, comme le second chameau me dépassait. »

Carnehan se pencha et me serra la main. Puis les chameaux s'effacèrent dans la poussière de la route, et je restai tout seul, à m'émerveiller. Mon œil n'aurait pu discerner le moindre accroc dans les déguisements. La scène du Serai attestait leur perfection pour le jugement indigène. Une chance donc se présentait pour Carnehan et Dravot de cheminer à travers l'Afghanistan sans se trahir. Mais au delà ils trouveraient la mort, une mort affreuse et sûre.

Dix jours plus tard, un indigène de mes amis, qui me mandait les nouvelles les plus récentes de Peshawar, terminait sa lettre en ces termes : « *On a beaucoup ri par ici à cause d'un certain* mullah *qui est fou et s'en va, assure-t-il, vendre des colifichets et des babioles, qu'il appelle des charmes puissants, à S. M. l'amir de Bokhara. Il a traversé Peshawar et s'est joint à la seconde* kafila *d'été qui va à Kaboul. Les marchands sont contents, ils s'imaginent, par superstition, que des fous de la sorte portent bonne chance.* »

The two then, were beyond the Border. I would have prayed for them, but, that night, a real King died in Europe, and demanded an obituary notice.

*   *   *   *   *   *   *   *

The wheel of the world swings through the same phases again and again. Summer passed and winter thereafter, and came and passed again. The daily paper continued and I with it, and upon the third summer there fell a hot night, a night-issue, and a strained waiting for something to be telegraphed from the other side of the world, exactly as had happened before. A few great men had died in the past two years, the machines worked with more clatter, and some of the trees in the Office garden were a few feet taller. But that was all the difference.

I passed over to the press-room, and went through just such a scene as I have already described. The nervous tension was stronger than it had been two years before, and I felt the heat more acutely. At three o'clock I cried, "Print off," and turned to go, when there crept to my chair what was left of a man. He was bent into a circle, his head was sunk between his shoulders, and he moved his feet one over the other like a bear. I could hardly see whether he walked or crawled—this rag-wrapped, whining cripple who addressed me by name, crying that he was come back.

Les deux avaient donc passé la frontière. J'aurais prié pour eux, mais, cette nuit-là, un vrai roi mourut en Europe, qui réclama un article nécrologique.

*

* *

La roue du temps ramène toujours à nouveau les mêmes phases. L'été passa, l'hiver après lui, pour revenir et repasser encore. Le journal quotidien continuait, moi de même, et, dans le courant du troisième été, advinrent une nuit chaude, une édition tardive et une attente énervée à propos de quelque chose qu'on devait télégraphier de l'autre côté du monde, le tout exactement comme il était arrivé auparavant. Quelques grands hommes étaient morts au cours des deux années qui venaient de s'écouler, les écrous des machines jouaient avec plus de bruit, et quelques arbres, dans le jardin, avaient deux pieds de plus. C'était toute la différence.

Je passai dans l'atelier ; la même scène se reproduisit que j'ai déjà décrite. La tension nerveuse se faisait sentir plus intense que deux ans auparavant, et la chaleur me pesait davantage. À trois heures, je commandai : « Imprimez ! » et je m'en allais, quand se traîna vers ma chaise ce qu'il restait d'un homme. Il était courbé en cercle, la tête sombrée dans les épaules, et il passait ses pieds l'un par-dessus l'autre, comme un ours. Je distinguais à peine s'il marchait ou s'il rampait — ce stropiat loqueteux et geignant qui m'appelait par mon nom, en pleurant qu'il était de retour.

"Can you give me a drink?" he whimpered. "For the Lord's sake, give me a drink!"

I went back to the office, the man following with groans of pain, and I turned up the lamp.

"Don't you know me?" he gasped, dropping into a chair, and he turned his drawn face, surmounted by a shock of gray hair, to the light.

I looked at him intently. Once before had I seen eyebrows that met over the nose in an inch-broad black band, but for the life of me I could not tell where.

"I don't know you," I said, handing him the whiskey. "What can I do for you?"

He took a gulp of the spirit raw, and shivered in spite of the suffocating heat.

"I've come back," he repeated; "and I was the King of Kafiristan—me and Dravot —crowned Kings we was! In this office we settled it—you setting there and giving us the books. I am Peachey—Peachey Taliaferro Carnehan, and you've been setting here ever since—O Lord!"

I was more than a little astonished, and expressed my feelings accordingly.

"It's true," said Carnehan, with a dry cackle, nursing his feet which were wrapped in rags. "True as gospel. Kings we were, with crowns upon

« Pouvez-vous me donner à boire ? pleurnichait-il. Pour l'amour de Dieu, donnez-moi à boire ! »

Je retournai au bureau, précédant l'homme et ses gémissements de douleur. Je levai la lampe.

« Vous ne me reconnaissez pas ? souffla-t-il en se laissant tomber sur une chaise, et il tourna son visage ravagé surmonté d'une toison grise vers la lumière. »

Je le fixai avec persistance. Une fois auparavant j'avais vu ces sourcils qui se joignaient à la racine du nez en bande noire d'un pouce de largeur, mais du diable si j'aurais pu dire où.

« Je ne vous connais pas, dis-je en lui passant le whisky. Que puis-je faire pour vous ? »

Il avala une gorgée d'alcool pur et frissonna malgré l'étouffante chaleur.

« Je suis revenu, répétait-il, et j'ai été roi de Kafiristan, moi et Dravot, rois couronnés tous deux ! C'est dans ce bureau que nous avions tout décidé. Vous étiez assis là, vous nous avez donné des livres. Je suis Peachey — Peachey Taliaferro Carnehan, et vous êtes resté ici tout le temps depuis… Bon Dieu ! »

J'étais plus que médiocrement surpris, et m'exprimai en conséquence.

— C'est vrai, dit Carnehan avec un ricanement sec, tout en berçant ses pieds empaquetés de chiffons. Vrai comme l'Évangile. Nous étions rois — avec des couronnes sur

our heads—me and Dravot —poor Dan—oh, poor, poor Dan, that would never take advice, not though I begged of him!"

"Take the whiskey," I said, "and take your own time. Tell me all you can recollect of everything from beginning to end. You got across the border on your camels, Dravot dressed as a mad priest and you his servant. Do you remember that?"

"I ain't mad—yet, but I will be that way soon. Of course I remember. Keep looking at me, or maybe my words will go all to pieces. Keep looking at me in my eyes and don't say anything."

I leaned forward and looked into his face as steadily as I could. He dropped one hand upon the table and I grasped it by the wrist. It was twisted like a bird's claw, and upon the back was a ragged, red, diamond-shaped scar.

"No, don't look there. Look at me," said Carnehan.

"That comes afterwards, but for the Lord's sake don't distrack me. We left with that caravan, me and Dravot, playing all sorts of antics to amuse the people we were with. Dravot used to make us laugh in the evenings when all the people was cooking their dinners—cooking their dinners, and … what did they do then? They lit little fires with sparks that went into Dravot's beard, and we all laughed—fit to die. Little red fires they was, going into Dravot's big red beard—so funny."

la tête — moi et Dravot, pauvre Dan ! Oh ! pauvre Dan
qui ne voulait jamais écouter, même les prières !

— Prenez du whisky, dis-je, et prenez votre temps.
Dites-moi tout ce que vous pouvez vous rappeler depuis le
commencement jusqu'à la fin. Vous avez passé la frontière sur
vos chameaux, Dravot habillé en *mullah* fou et vous comme
son domestique. Vous rappelez-vous cela ?

— Je ne suis pas fou pas encore, mais ça m'arrivera bientôt.
Bien sûr que je me souviens. Continuez à me regarder,
sans quoi j'ai peur que mes mots s'en aillent par morceaux,
continuez à me regarder dans les yeux et ne dites pas un mot.

Je me penchai en avant et le fixai en plein visage aussi ferme
que je pus. Il laissa tomber sa main sur la table et je la saisis
par le poignet. Elle était tordue comme une serre d'oiseau,
et, sur le dos, on voyait une cicatrice aux contours déchiquetés,
toute rouge et en forme d'as de carreau.

« Non, ne regardez pas là. Regardez-*moi*, dit Carnehan.
Ça, c'est après, mais pour l'amour de Dieu ne me troublez
pas. Nous sommes partis avec cette caravane, moi et Dravot,
faisant toutes sortes de farces pour amuser les gens que nous
accompagnions. Dravot nous faisait rire, les soirs, à l'heure
où tout le monde cuisait son dîner — cuisait son dîner, et…
qu'est-ce qu'ils faisaient donc après ? Ils allumaient des petits
feux, et les étincelles volaient dans la barbe de Dravot, et on
riait tous, à se faire mourir. Des petits charbons rouges, ça
faisait, qui volaient dans la grosse barbe rouge de Dravot — si
drôles ! »

His eyes left mine and he smiled foolishly.

"You went as far as Jagdallak with that caravan," I said at a venture, "after you had lit those fires. To Jagdallak, where you turned off to try to get into Kafiristan."

"No, we didn't neither. What are you talking about? We turned off before Jagdallak, because we heard the roads was good. But they wasn't good enough for our two camels— mine and Dravot's. When we left the caravan, Dravot took off all his clothes and mine too, and said we would be heathen, because the Kafirs didn't allow Mohammedans to talk to them. So we dressed betwixt and between, and such a sight as Daniel Dravot I never saw yet nor expect to see again. He burned half his beard, and slung a sheep-skin over his shoulder, and shaved his head into patterns. He shaved mine, too, and made me wear outrageous things to look like a heathen. That was in a most mountaineous country, and our camels couldn't go along any more because of the mountains. They were tall and black, and coming home I saw them fight like wild goats—there are lots of goats in Kafiristan. And these mountains, they never keep still, no more than the goats. Always fighting they are, and don't let you sleep at night."

"Take some more whiskey," I said, very slowly. "What did you and Daniel Dravot do when the camels could go no further because of the rough roads that led into Kafiristan?"

Ses yeux quittèrent les miens. Il souriait d'un air simple.

— Vous êtes allés jusqu'à Jagdallak avec cette caravane, dis-je à tout hasard, après avoir allumé ces feux. À Jagdallak vous a-t-on détournés de pénétrer en Kafiristan ?

— Non, ni l'un ni l'autre. Qu'est-ce que vous racontez ? Nous avons bifurqué avant Jagdallak, en entendant dire que les routes étaient bonnes. Pas assez bonnes pour nos deux chameaux — le mien et celui de Dravot. En quittant la caravane, Dravot ôta tous ses habits et les miens aussi, et dit qu'il fallait faire les païens parce que les Kafirs ne permettent pas aux mahométans de leur adresser la parole. Alors on se déguisa, moitié l'un, moitié l'autre, et une tête comme celle de Daniel Dravot, jamais je n'en ai vu de pareille ni n'en reverrai jamais. Il brûla sa barbe à moitié, se pendit une peau de mouton sur l'épaule et se rasa la tête en petits dessins. Il me rasa la mienne aussi et me fit mettre des frusques de chienlit pour me donner l'air d'un païen. Tout ça se passait dans un pays excessivement montagneux, et nos chameaux ne pouvaient plus avancer à cause des montagnes. C'est des montagnes très hautes et toutes noires, et, au retour, je les voyais se battre, comme des chèvres sauvages — il y a des tas de chèvres en Kafiristan. Et ces montagnes, elles ne se tiennent jamais tranquilles, tout comme des chèvres. Toujours à se battre et à vous empêcher de dormir la nuit…

— Prenez d'autre whisky, dis-je très lentement. Qu'avez-vous fait, Daniel Dravot et vous, lorsque les chameaux ne purent plus avancer à cause des mauvaises routes qui menaient en Kafiristan ?

"What did which do? There was a party called Peachey Taliaferro Carnehan that was with Dravot. Shall I tell you about him? He died out there in the cold. Slap from the bridge fell old Peachey, turning and twisting in the air like a penny whirligig that you can sell to the Amir—No; they was two for three ha'pence, those whirligigs, or I am much mistaken and woful sore. And then these camels were no use, and Peachey said to Dravot—'For the Lord's sake, let's get out of this before our heads are chopped off,' and with that they killed the camels all among the mountains, not having anything in particular to eat, but first they took off the boxes with the guns and the ammunition, till two men came along driving four mules. Dravot up and dances in front of them, singing,—'Sell me four mules.' Says the first man,—'If you are rich enough to buy, you are rich enough to rob;' but before ever he could put his hand to his knife, Dravot breaks his neck over his knee, and the other party runs away. So Carnehan loaded the mules with the rifles that was taken off the camels, and together we starts forward into those bitter cold mountainous parts, and never a road broader than the back of your hand."

He paused for a moment, while I asked him if he could remember the nature of the country through which he had journeyed.

"I am telling you as straight as I can, but my head isn't as good as it might be. They drove nails through it to make me hear better how Dravot died.

— Ce que nous avons fait ? Qui ça ? Il y avait un individu nommé Peachey Taliaferro Carnehan, avec Dravot. Faut-il vous parler de lui ? Il est mort là-bas, dans la neige. Vlan ! du haut du pont tomba ce vieux Peachey, et il tournait et se tortillait en l'air comme un moulin à un penny pour vendre à l'amir. Non, ça coûtait un penny et demi les trois, ces moulins, ou je me trompe et j'ai bien du chagrin. Et alors les chameaux plus bons à rien, et Peachey dit à Dravot : « Pour l'amour de Dieu, tirons-nous d'ici avant qu'on nous coupe la tête ! » Et là-dessus ils tuèrent les chameaux dans la montagne, car ils n'avaient rien que je sache à manger, mais d'abord ils enlevèrent les caisses de fusils et de cartouches. Puis voilà deux hommes qui s'amènent, conduisant quatre mules. Dravot saute debout et se met à danser devant eux en chantant « Vends-moi tes quatre mules. » Le premier homme dit : « Si tu es assez riche pour payer, tu es assez riche pour voler ! » mais, avant qu'il porte seulement la main à son couteau, Dravot lui casse le cou en travers de son genou, et l'autre se sauve. De sorte que Carnehan charge les mules avec les fusils qu'on avait descendus des chameaux, et tous deux nous piquons de l'avant dans ces pays du froid de chien, où il n'y a jamais de route plus large que le dos de la main.

Il s'arrêta un moment, tandis que je lui demandais s'il se rappelait la nature du pays par lequel il avait cheminé.

— Je vous dis tout, aussi droit que je peux, mais la tête n'est pas aussi bonne que tout ça. Ils ont enfoncé des clous dedans pour que j'entende mieux comment Dravot mourut.

The country was mountainous and the mules were most contrary, and the inhabitants was dispersed and solitary. They went up and up, and down and down, and that other party Carnehan, was imploring of Dravot not to sing and whistle so loud, for fear of bringing down the tremenjus avalanches. But Dravot says that if a King couldn't sing it wasn't worth being King, and whacked the mules over the rump, and never took no heed for ten cold days. We came to a big level valley all among the mountains, and the mules were near dead, so we killed them, not having anything in special for them or us to eat. We sat upon the boxes, and played odd and even with the cartridges that was jolted out.

"Then ten men with bows and arrows ran down that valley, chasing twenty men with bows and arrows, and the row was tremenjus. They was fair men—fairer than you or me—with yellow hair and remarkable well built. Says Dravot, unpacking the guns—'This is the beginning of the business. We'll fight for the ten men,' and with that he fires two rifles at the twenty men and drops one of them at two hundred yards from the rock where we was sitting. The other men began to run, but Carnehan and Dravot sits on the boxes picking them off at all ranges, up and down the valley. Then we goes up to the ten men that had run across the snow too, and they fires a footy little arrow at us. Dravot he shoots above their heads and they all falls down flat.

Le pays était montagneux, les mules rétives et les habitants dispersés et solitaires. On allait montant, descendant, et l'autre individu, Carnehan, suppliait Dravot de ne pas chanter ni siffler si fort, crainte de détacher les terribles avalanches. Mais Dravot disait que si un roi ne pouvait pas chanter, ça ne valait pas la peine d'être roi, et ne fit attention à rien pendant dix jours de glace. Nous arrivâmes à une grande vallée unie, au milieu des montagnes, et les mules étaient à moitié mortes et on les tua, n'ayant rien que je sache à leur donner, ni à manger nous-mêmes. Puis nous nous assîmes sur les caisses et nous jouions à pair et impair avec les cartouches qui avaient roulé à terre.

» Tout à coup, dix hommes, avec des arcs et des flèches, descendent la vallée en courant et en faisant la chasse à vingt hommes, armés de même, et le potin était énorme. Ils étaient blonds, plus blonds que vous et moi — les cheveux jaunes, et très bien bâtis. Dravot dit en déballant les fusils : « Voilà le commencement de la besogne. Nous prenons parti pour les dix. » Là-dessus il tire deux coups sur les vingt hommes et en dégringole un à deux cents mètres du haut du rocher où il se tenait. Les autres commencèrent à détaler, mais Carnehan et Dravot s'assoient sur les caisses et se mettent à les poivrer, à toutes distances, du haut en bas de la vallée. Après, nous nous dirigeons vers les dix hommes qui avaient traversé aussi la neige en courant et ils nous décochent une coquine de petite flèche. Dravot tire en l'air et ils tombent tous à plat ventre.

Then he walks over them and kicks them, and then he lifts them up and shakes hands all around to make them friendly like. He calls them and gives them the boxes to carry, and waves his hand for all the world as though he was King already. They takes the boxes and him across the valley and up the hill into a pine wood on the top, where there was half a dozen big stone idols. Dravot he goes to the biggest—a fellow they call Imbra—and lays a rifle and a cartridge at his feet, rubbing his nose respectful with his own nose, patting him on the head, and saluting in front of it. He turns round to the men and nods his head, and says,—'That's all right. I'm in the know too, and these old jim-jams are my friends.' Then he opens his mouth and points down it, and when the first man brings him food, he says—'No;' and when the second man brings him food, he says— 'No;' but when one of the old priests and the boss of the village brings him food, he says—'Yes;' very haughty, and eats it slow. That was how we came to our first village, without any trouble, just as though we had tumbled from the skies. But we tumbled from one of those damned rope-bridges, you see, and you couldn't expect a man to laugh much after that."

"Take some more whiskey and go on," I said. "That was the first village you came into. How did you get to be King?"

Alors il marche dessus en leur donnant du talon de botte,
et, après, les relève et distribue des poignées de main à la
ronde pour s'en faire des amis. Il les appelle et leur donne
les caisses à porter avec de grands gestes, tout comme s'il
était roi déjà. Ils le mènent avec ses caisses de l'autre côté
de la vallée, en haut d'une colline avec un bois de pins
au sommet, où il y avait une demi-douzaine de grandes
idoles de pierre. Dravot marche à la plus grande — un gars
qu'ils appellent Imbra — pose un fusil et une cartouche à
ses pieds, lui frotte le nez respectueusement contre le sien,
lui passe la main sur la tête et lui fait des salamalecs. Il
se retourne vers les hommes, secoue la tête et dit « Ça va
bien. J'en suis aussi, et tous ces vieux casse-noisettes sont
mes copains. » Alors il ouvre la bouche en montrant son
gosier du doigt, et quand le premier homme lui apporte
à manger, il dit « Non, » et quand le deuxième homme
lui apporte à manger, il dit : « Non ; » mais quand un des
vieux prêtres et le chef du village lui apportent à manger,
il dit : « Oui, » très fier, et mange sans se presser. Voilà
comme nous sommes arrivés à notre premier village, sans
difficultés, tout comme si nous tombions du ciel. Oui,
mais nous sommes tombés d'un de ces damnés ponts de
cordes et on ne peut pas s'attendre à voir un homme vivre
beaucoup après ça.

— Prenez d'autre whisky et continuez, dis-je. Ça, c'était
votre premier village. Comment êtes-vous devenu roi ?

"I wasn't King," said Carnehan. "Dravot he was the King, and a handsome man he looked with the gold crown on his head and all. Him and the other party stayed in that village, and every morning Dravot sat by the side of old Imbra, and the people came and worshipped. That was Dravot's order. Then a lot of men came into the valley, and Carnehan and Dravot picks them off with the rifles before they knew where they was, and runs down into the valley and up again the other side, and finds another village, same as the first one, and the people all falls down flat on their faces, and Dravot says,— 'Now what is the trouble between you two villages?' and the people points to a woman, as fair as you or me, that was carried off, and Dravot takes her back to the first village and counts up the dead— eight there was. For each dead man Dravot pours a little milk on the ground and waves his arms like a whirligig and, 'That's all right,' says he. Then he and Carnehan takes the big boss of each village by the arm and walks them down into the valley, and shows them how to scratch a line with a spear right down the valley, and gives each a sod of turf from both sides o' the line. Then all the people comes down and shouts like the devil and all, and Dravot says,— 'Go and dig the land, and be fruitful and multiply,' which they did, though they didn't understand. Then we asks the names of things in their lingo—bread and water and fire and idols and such, and Dravot leads the priest of each village up to the idol, and says he must sit there and judge the people, and if anything goes wrong he is to be shot.

— Moi ? Je n'ai pas été roi. C'est Dravot qui était roi, et ça faisait un beau gars, couronne d'or en tête et le reste. Lui et l'autre individu demeurèrent dans ce village, et, tous les matins, Dravot s'asseyait à côté du vieil Imbra, tandis que les gens venaient lui faire *poojah*[1]. C'était l'ordre de Dravot. Puis une troupe d'hommes entrent dans la vallée, et Carnehan avec Dravot les descendent à coups de fusil avant qu'ils sachent où ils en sont, montent sur l'autre versant et trouvent un autre village, pareil au premier, où tout le monde se jette à plat ventre, et Dravot dit : « Voyons, qu'est-ce qui ne va pas entre nos deux villages ? » Les gens alors lui montrent une femme, une femme blanche, comme vous et moi, qu'on avait enlevée, et Dravot la ramène au premier village et compte les morts — huit qu'il en avait. Pour chaque mort, Dravot verse un peu de lait par terre, remue le bras comme un moulinet et : « C'est très bien ! » qu'il dit. Ensuite, lui et Carnehan prennent le grand chef de chaque village, chacun sous le bras, descendent avec dans la vallée et leur montrent à tirer une ligne avec un fer de lance tout le long de la vallée, en leur donnant à chacun une motte d'herbe prise des deux côtés de la ligne. Alors tous les gens descendent, gueulant comme le diable et son train, et Dravot dit : « Allez bêcher la terre, croître et multiplier, ce qu'ils firent, quoiqu'ils ne comprenaient pas. Alors nous demandons les noms des choses dans leur baragouin : l'eau, le pain, le feu, les idoles et le reste, et Dravot amène le prêtre de chaque village devant l'idole et lui dit de rester là pour juger les gens, et que si ça ne marchait pas on lui ficherait un coup de fusil.

---

1. Hommage.

"Next week they was all turning up the land in the valley as quiet as bees and much prettier, and the priests heard all the complaints and told Dravot in dumb show what it was about. 'That's just the beginning,' says Dravot. 'They think we're gods.' He and Carnehan picks out twenty good men and shows them how to click off a rifle, and form fours, and advance in line, and they was very pleased to do so, and clever to see the hang of it. Then he takes out his pipe and his baccy-pouch and leaves one at one village, and one at the other, and off we two goes to see what was to be done in the next valley. That was all rock, and there was a little village there, and Carnehan says,— 'Send 'em to the old valley to plant,' and takes 'em there and gives 'em some land that wasn't took before. They were a poor lot, and we blooded 'em with a kid before letting 'em into the new Kingdom. That was to impress the people, and then they settled down quiet, and Carnehan went back to Dravot who had got into another valley, all snow and ice and most mountainous. There was no people there and the Army got afraid, so Dravot shoots one of them, and goes on till he finds some people in a village, and the Army explains that unless the people wants to be killed they had better not shoot their little matchlocks; for they had matchlocks. We makes friends with the priest and I stays there alone with two of the Army, teaching the men how to drill, and a thundering big Chief comes

» La semaine après, ils étaient tous à retourner la terre dans la vallée, tranquilles comme des abeilles et plus jolis à voir ; les prêtres écoutaient les réclamations et rapportaient à Dravot, par gestes, de quoi il s'agissait. « Voilà que ça commence, dit Dravot, ils nous prennent pour des dieux ! » Lui et Carnehan choisissent vingt gaillards solides et leur apprennent à charger un fusil, à doubler par le flanc, à marcher alignés. Ça leur faisait plaisir et ils en voyaient vite la farce. Puis il prend sa pipe et sa blague, laisse un homme dans un village, un homme dans l'autre, et nous partons, histoire de voir ce qu'il y avait à faire dans la prochaine vallée. C'était tout rocher par là, avec un petit village. Carnehan dit « Envoyons-les planter dans l'autre vallée ! » Il les y emmène comme il dit et leur donne de la terre qui n'appartenait à personne avant. Ils n'étaient pas riches et on leur fit cadeau d'un chevreau avant de les faire entrer dans le nouveau royaume. C'était pour frapper les autres. Ils s'installèrent tout tranquillement, et Carnehan retourna trouver Dravot qui avait poussé dans une autre vallée : rien que de la neige, de la glace et des montagnes énormes. Il n'y avait personne par là et l'armée se prend de peur, de sorte que Dravot en tue un et continue de l'avant jusqu'à ce qu'il trouve quelques habitants dans un village, auxquels l'armée fit comprendre que, s'ils ne veulent pas être massacrés, ils feront mieux de ne pas tirer leurs petits fusils à pierre, car ils avaient des fusils à pierre. On se met bien avec le prêtre, et je reste là tout seul, avec deux de l'armée, à apprendre l'exercice aux hommes ; et alors arrive un grand chef du tonnerre de Dieu,

across the snow with kettledrums and horns twanging, because he heard there was a new god kicking about. Carnehan sights for the brown of the men half a mile across the snow and wings one of them. Then he sends a message to the Chief that, unless he wished to be killed, he must come and shake hands with me and leave his arms behind. The Chief comes alone first, and Carnehan shakes hands with him and whirls his arms about, same as Dravot used, and very much surprised that Chief was, and strokes my eyebrows. Then Carnehan goes alone to the Chief, and asks him in dumb show if he had an enemy he hated. 'I have,' says the Chief. So Carnehan weeds out the pick of his men, and sets the two of the Army to show them drill and at the end of two weeks the men can manœuvre about as well as Volunteers. So he marches with the Chief to a great big plain on the top of a mountain, and the Chiefs men rushes into a village and takes it; we three Martinis firing into the brown of the enemy. So we took that village too, and I gives the Chief a rag from my coat and says, 'Occupy till I come': which was scriptural. By way of a reminder, when me and the Army was eighteen hundred yards away, I drops a bullet near him standing on the snow, and all the people falls flat on their faces. Then I sends a letter to Dravot, wherever he be by land or by sea."

à travers la neige, avec des tambours et des cornes qui faisaient du train, rapport qu'il avait entendu parler d'un nouveau dieu qui se baladait par là. Carnehan vise dans le tas à un demi-mille à travers la neige et en dégringole un. Alors il envoie dire au chef que, s'il ne veut pas se faire tuer, il faut qu'il vienne me donner une poignée de main et laisse les armes derrière. Le chef arrive le premier, tout seul. Carnehan lui serre la main et fait le moulinet avec ses bras, comme Dravot, et le chef n'était pas à moitié étonné et me tâtait les sourcils. Puis Carnehan marche tout seul au chef et lui demande par signes s'il a un ennemi qu'il haït. « J'en ai un, » dit le chef. En entendant ça, Carnehan lui rafle le dessus du panier de ses hommes et leur fait montrer la manœuvre par les deux de l'armée, et, au bout de deux semaines, les hommes se débrouillent à peu près comme des *volunteers*. Alors il marche avec le chef vers un grand coquin de plateau sur le haut d'une montagne, et les hommes du chef donnent l'assaut à un village, et le prennent avec l'aide de nos trois martinis qui tapaient dans le tas. Ça fait que nous prîmes ce village-là aussi, et je donne au chef un morceau de drap de ma veste en disant : « Occupe jusqu'à mon retour ! » à la mode biblique. Histoire de l'y faire penser, lorsque l'armée et moi nous étions éloignés de mille huit cents mètres, je plante une balle dans la neige à deux pas de lui et tous les gens tombent à plat ventre. Puis j'envoyai une lettre à Dravot. Du diable si je savais où le prendre, sur terre ou sur mer...

At the risk of throwing the creature out of train I interrupted,—"How could you write a letter up yonder?"

"The letter?—Oh! — The letter! Keep looking at me between the eyes, please. It was a string-talk letter, that we'd learned the way of it from a blind beggar in the Punjab."

I remember that there had once come to the office a blind man with a knotted twig and a piece of string which he wound round the twig according to some cypher of his own. He could, after the lapse of days or hours, repeat the sentence which he had reeled up. He had reduced the alphabet to eleven primitive sounds; and tried to teach me his method, but failed.

"I sent that letter to Dravot," said Carnehan; "and told him to come back because this Kingdom was growing too big for me to handle, and then I struck for the first valley, to see how the priests were working. They called the village we took along with the Chief, Bashkai, and the first village we took, Er-Heb. The priest at Er-Heb was doing all right, but they had a lot of pending cases about land to show me, and some men from another village had been firing arrows at night. I went out and looked for that village and fired four rounds at it from a thousand yards. That used all the cartridges I cared to spend, and I waited for Dravot, who had been away two or three months, and I kept my people quiet.

Au risque de rompre le fil des idées de la loque humaine que j'avais devant moi, j'interrogeai :

— Comment pouvait-on écrire une lettre là-haut, si loin ?

— La lettre ?… Oh ! la lettre ! Continuez à me regarder entre les yeux, s'il vous plaît. C'était une lettre en nœuds de ficelle. Un mendiant aveugle nous avait montré le truc autrefois en Pendjab.

Je me souvins qu'une fois était venu au bureau un aveugle porteur d'une baguette noueuse et d'une ficelle qu'il enroulait à la baguette selon quelque chiffre de son invention. Après un laps de plusieurs heures ou de plusieurs journées, il pouvait répéter la phrase ainsi entortillée. Il avait réduit l'alphabet à onze sons élémentaires, et il essaya de m'enseigner sa méthode, mais sans succès.

« J'envoyai la lettre à Dravot, dit Carnehan, pour lui dire de revenir, parce que ce royaume devenait trop grand pour que je le manie tout seul ; puis je m'en allai du côté de la première vallée, afin de voir comment les prêtres s'en tiraient. On appelait le village que nous venions de prendre, d'accord avec le chef, Bashkai, et le premier que nous avions pris, Er Heb. Les prêtres d'Er Heb se débrouillaient bien, mais ils avaient un tas de disputes à propos de terres à me soumettre, et des hommes d'un autre village avaient tiré des flèches sur le leur, la nuit. Je sortis à la recherche de ce village et lui envoyai cinq balles à mille mètres. Ça faisait le compte de cartouches que je me souciais de brûler ; ensuite je me mis à attendre Dravot, absent depuis deux ou trois mois, et je fis tenir mon peuple tranquille.

"One morning I heard the devil's own noise of drums and horns, and Dan Dravot marches down the hill with his Army and a tail of hundreds of men, and, which was the most amazing—a great gold crown on his head. 'My Gord, Carnehan,' says Daniel, 'this is a tremenjus business, and we've got the whole country as far as it's worth having. I am the son of Alexander by Queen Semiramis, and you're my younger brother and a god too! It's the biggest thing we've ever seen. I've been marching and fighting for six weeks with the Army, and every footy little village for fifty miles has come in rejoiceful; and more than that, I've got the key of the whole show, as you'll see, and I've got a crown for you! I told 'em to make two of 'em at a place called Shu, where the gold lies in the rock like suet in mutton. Gold I've seen, and turquoise I've kicked out of the cliffs, and there's garnets in the sands of the river, and here's a chunk of amber that a man brought me. Call up all the priests and, here, take your crown.'

"One of the men opens a black hair bag and I slips the crown on. It was too small and too heavy, but I wore it for the glory. Hammered gold it was—five pound weight, like a hoop of a barrel.

"'Peachey,' says Dravot, 'we don't want to fight no more. The Craft's the trick so help me!' and he brings forward that same Chief that I left at Bashkai—Billy Fish

» Un matin, j'entends un raffut de tambours et de cornes, à croire que c'était le diable en personne, et Daniel Dravot descend la colline avec son armée, des centaines d'hommes qui marchaient derrière, et, ce qu'il y avait de plus épatant, une grande couronne d'or sur la tête. "Vingt dieux ! Carnehan, dit Daniel, ça devient une affaire énorme, voilà que nous tenons tout le pays à présent, au moins tout ce qui en vaut la peine. Je suis le fils d'Alexandre et de la reine Sémiramis ; toi, tu es mon frère cadet et dieu par-dessus le marché ! C'est la plus grosse ouvrage qu'on ait jamais faite. Il y a six semaines qu'on marche et qu'on en découd, l'armée et moi, et le moindre petit village, à cinquante lieues à la ronde, s'est rendu avec des réjouissances. Le mieux, c'est que j'ai la clef de toute la comédie, comme tu vas voir, et une couronne pour toi. J'en ai fait faire deux dans un endroit appelé Shu, où ou trouve l'or dans le roc comme le suif dans la viande. L'or, je l'ai vu ; on fait aussi sauter des turquoises du bout du pied dans la roche ; il y a des grenats plein le lit de la rivière, et voilà un bloc d'ambre qu'un homme m'a apporté. Appelle tous les prêtres et, tiens, prends ta couronne."

» Un des hommes ouvre un sac de crin noir et je me mets la couronne sur la tête. Elle était petite et trop lourde, mais je la portai pour l'honneur. En or martelé qu'elle était et elle pesait cinq livres — un vrai cerceau de baril.

» — Peachey, dit Dravot, nous en avons assez de nous battre. C'est la Maçonnerie, le truc qui m'a si bien aidé — et il fait avancer le même chef que j'avais laissé à Bashkai — Billy Fish,

we called him afterwards, because he was so like Billy Fish that drove the big tank-engine at Mach on the Bolan in the old days. 'Shake hands with him,' says Dravot, and I shook hands and nearly dropped, for Billy Fish gave me the Grip. I said nothing, but tried him with the Fellow Craft Grip. He answers, all right, and I tried the Master's Grip, but that was a slip. 'A Fellow Craft he is!' I says to Dan. 'Does he know the word?' 'He does,' says Dan, 'and all the priests know. It's a miracle! The Chiefs and the priest can work a Fellow Craft Lodge in a way that's very like ours, and they've cut the marks on the rocks, but they don't know the Third Degree, and they've come to find out. It's Gord's Truth. I've known these long years that the Afghans knew up to the Fellow Craft Degree, but this is a miracle. A god and a Grand-Master of the Craft am I, and a Lodge in the Third Degree I will open, and we'll raise the head priests and the Chiefs of the villages.'

"'It's against all the law,' I says, 'holding a Lodge without warrant from any one; and we never held office in any Lodge.'

comme nous l'avons nommé plus tard, parce qu'il ressemblait tant à Billy Fish qui conduisait la grande locomotive-réservoir à Mach, sur la Bolan, dans les temps.

» — Donne-lui une poignée de main, dit Dravot.

» Je lui tends la main et pense tomber de surprise quand Billy Fish me donne l'attouchement maçonnique. Je ne dis rien, mais j'essaye l'attouchement des compagnons. Il répond bien et j'essaye l'attouchement des maîtres, mais, là, plus personne.

» — C'est un compagnon, dis-je à Dan. Sait-il le mot ?

» — Il le sait, dit Dan, et tous les prêtres de même. C'est un miracle ! Les chefs et les prêtres savent manigancer une loge à peu près à notre manière, et ils ont gravé les insignes sur le roc, mais ils ne connaissent pas le troisième degré et ils viennent apprendre. C'est vrai, comme il y a un Dieu ! Il y a beau temps que je savais que les Afghans connaissaient l'initiation des compagnons, mais ceci est un miracle. Me voici Dieu et grand-maître de l'Ordre et je vais ouvrir une loge du tiers degré. Nous initierons les grands-prêtres et les chefs des villages.

» — C'est contre toutes les lois de l'Ordre, que je dis, d'ouvrir une loge sans brevet de personne, et nous n'avons jamais tenu de grades dans une loge auparavant.

"'It's a master-stroke of policy,' says Dravot. 'It means running the country as easy as a four-wheeled bogy on a down grade. We can't stop to inquire now, or they'll turn against us. I've forty Chiefs at my heel, and passed and raised according to their merit they shall be. Billet these men on the villages and see that we run up a Lodge of some kind. The temple of Imbra will do for the Lodge-room. The women must make aprons as you show them. I'll hold a levee of Chiefs tonight and Lodge to-morrow.'

"I was fair rim off my legs, but I wasn't such a fool as not to see what a pull this Craft business gave us. I showed the priests' families how to make aprons of the degrees, but for Dravot's apron the blue border and marks was made of turquoise lumps on white hide, not cloth. We took a great square stone in the temple for the Master's chair, and little stones for the officers' chairs, and painted the black pavement with white squares, and did what we could to make things regular.

"At the levee which was held that night on the hillside with big bonfires, Dravot gives out that him and me were gods and sons of Alexander, and Past Grand-Masters in the Craft, and was come to make Kafiristan a country where every man should eat in peace and drink in quiet, and specially obey us. Then the Chiefs come round to shake hands, and they was so hairy and white and fair it was just shaking hands with

» — C'est un maître coup de politique, au contraire, dit Dravot. Cela revient à mener le pays aussi facilement qu'un cabriolet à quatre roues à la descente d'une côte. Du reste, il n'y a pas de temps à perdre en discussions, ou ils se mettront contre nous. J'ai quarante chefs sur mes talons ; initiés ils seront et promus de même d'après leurs mérites. Cantonne ces hommes dans Les villages et occupe-toi d'organiser une loge tant bien que mal. Le temple d'Imbra fera l'affaire comme salle. Il faut que les femmes fabriquent des tabliers, montre-leur. Je tiens ma levée de chefs ce soir, et la loge demain.

» Je n'en revenais pas, mais je n'étais pas si bête que de ne pas voir quel coup d'épaule cette aventure de Maçonnerie nous donnait. Je montrai aux familles des prêtres à confectionner des tabliers d'après les grades, mais, pour le tablier de Dravot, la bordure bleue et les insignes furent brodés en turquoises sur cuir blanc au lieu de drap. Nous plaçâmes une grosse pierre dans le temple pour servir de siège au Maître, et des pierres plus petites pour les officiers, je fis peindre le pavé noir de carrés blancs et me donnai du mal pour que tout fût correct au possible.

» Pendant la levée que nous tînmes, ce soir-là, sur le flanc de la colline, parmi de grands feux, Dravot déclara que lui et moi étions dieux, fils d'Alexandre, passés grands-maîtres de l'Ordre et venus faire du Kafiristan un pays où chacun devait manger en paix, boire en repos et surtout nous obéir. Alors les chefs avancent pour nous serrer la main, et, à les voir si barbus, si blancs et si blonds, c'était à croire qu'on la serrait à

old friends. We gave them names according as they was like men we had known in India—Billy Fish, Holly Dilworth, Pikky Kergan that was Bazar-master when I was at Mhow, and so on, and so on.

"The most amazing miracle was at Lodge next night. One of the old priests was watching us continuous, and I felt uneasy, for I knew we'd have to fudge the Ritual, and I didn't know what the men knew. The old priest was a stranger come in from beyond the village of Bashkai. The minute Dravot puts on the Master's apron that the girls had made for him, the priest fetches a whoop and a howl, and tries to overturn the stone that Dravot was sitting on. 'It's all up now,' I says. 'That comes of meddling with the Craft without warrant!' Dravot never winked an eye, not when ten priests took and tilted over the Grand-Master's chair —which was to say the stone of Imbra. The priest begins rubbing the bottom end of it to clear away the black dirt, and presently he shows all the other priests the Master's Mark, same as was on Dravot's apron, cut into the stone. Not even the priests of the temple of Imbra knew it was there. The old chap falls flat on his face at Dravot's feet and kisses 'em. 'Luck again,' says Dravot, across the Lodge to me, 'they say it's the missing Mark that no one could understand the why of. We're more than safe now.' Then he bangs the butt of his gun for a gavel and says:—'By virtue of the authority invested in me by my own right hand and the help of Peachey,

de vieux copains. Nous les appelions d'après leurs ressemblances à des hommes qu'on avait connus dans l'Inde : Billy Fish, Holly Dilworth, Pikky Kergan — il était Commissaire du Bazar du temps où j'habitais Mhow — et ainsi de suite.

» Le plus épatant de tout, ce fut à la loge, la nuit suivante. Un des vieux prêtres ne nous quittait pas de l'œil et je ne me sentais pas à l'aise, sachant qu'il nous faudrait nous tirer des cérémonies à la blague et ne sachant pas ce que les autres en pouvaient savoir. Le vieux prêtre était un étranger venu d'au delà du village de Bashkai. Au moment où Dravot mit le tablier de Maître que les filles lui avaient brodé, le prêtre se mit à brailler et à hurler en essayant de retourner la pierre où Dravot était assis. « C'est tout fichu à présent, que je dis. Voilà ce que c'est de se mêler de Franc-Maçonnerie sans brevet. » Dravot ne sourcilla pas, même quand les dix prêtres empoignent et renversent le siège du Grand-Maître ; c'était, comme qui dirait, la pierre d'Imbra. Le prêtre se met à en frotter la base pour détacher la terre noire, et le voilà qui montre aux autres prêtres la marque du Maître, la même que sur le tablier de Dravot, gravée sur la pierre. Les prêtres du temple d'Imbra ne savaient même pas qu'elle était là. Le vieux tombe à plat aux pieds de Dravot et les baise. "Veine, encore !" me crie Dravot d'un bout à l'autre de la loge, "ils disent que c'est la marque perdue, dont personne ne savait le pourquoi. Nous sommes plus que saufs maintenant." Alors, il laisse tomber la crosse de son fusil en guise de hallebarde et dit : "En vertu de l'autorité à moi conférée par ma droite que voici et le secours de Peachey,

I declare myself Grand-Master of all Freemasonry in Kafiristan in this the Mother Lodge o' the country, and King of Kafiristan equally with Peachey!' At that he puts on his crown and I puts on mine—I was doing Senior Warden—and we opens the Lodge in most ample form. It was a amazing miracle! The priests moved in Lodge through the first two degrees almost without telling, as if the memory was coming back to them. After that, Peachey and Dravot raised such as was worthy— high priests and Chiefs of far-off villages. Billy Fish was the first, and I can tell you we scared the soul out of him. It was not in any way according to Ritual, but it served our turn. We didn't raise more than ten of the biggest men because we didn't want to make the Degree common. And they was clamoring to be raised.

"'In another six months,' says Dravot, 'we'll hold another Communication and see how you are working.' Then he asks them about their villages, and learns that they was fighting one against the other and were fair sick and tired of it. And when they wasn't doing that they was fighting with the Mohammedans. 'You can fight those when they come into our country,' says Dravot. 'Tell off every tenth man of your tribes for a Frontier guard, and send two hundred at a time to this valley to be drilled. Nobody is going to be shot or speared any more so long as he does well, and I know that you won't cheat me because you're white people—sons of Alexander—and not like common, black Mohammedans.

je me déclare Grand-Maître de toute la Franc-Maçonnerie du Kafiristan en cette Loge-Mère de la contrée, et, de pair avec Peachey, roi du Kafiristan !" Là-dessus, il met sa couronne, je mets la mienne — je faisais fonction de vénérable et nous ouvrons la loge en due forme. C'était un miracle épatant. Les prêtres passent les deux premiers degrés presque sans rien dire, comme si la mémoire leur revenait. Après ça, Peachey et Dravot élevèrent d'un rang les plus dignes — grands-prêtres ou chefs de villages éloignés. Billy Fish fut le premier, et je vous prie de croire qu'il en tremblait de peur. Ça ne se passait pas du tout dans les formes ordinaires, mais cela servait notre idée. Nous n'en avons pas promu plus de dix parmi les gros bonnets, ce jour-là, parce que nous ne voulions pas rendre le degré commun. Et c'est à qui crierait pour se faire initier.

» — Dans six mois, dit Dravot, nous tiendrons une autre assemblée, et nous verrons comment vous travaillez." Puis il les interroge sur leurs villages et apprend qu'ils passaient leur vie à se battre les uns avec les autres, et qu'ils en avaient plein le dos à la fin. Autrement, c'était avec les musulmans qu'ils se battaient. "Ceux-là, vous pourrez vous battre avec, s'ils entrent dans notre pays, dit Dravot. Désignez un homme sur dix par tribu comme garde de frontière et envoyez-en deux cents à la fois dans cette vallée pour se faire dresser. On ne fusillera ni ne saignera plus personne désormais, si vous vous comportez bien, et je sais que vous ne me tricherez pas, parce que vous êtes des blancs — des fils d'Alexandre — non pas de vils musulmans à peau noire.

You are my people and by God,' says he, running off into English at the end—'I'll make a damned fine Nation of you, or I'll die in the making!'

"I can't tell all we did for the next six months because Dravot did a lot I couldn't see the hang of, and he learned their lingo in a way I never could. My work was to help the people plough, and now and again to go out with some of the Army and see what the other villages were doing, and make 'em throw rope-bridges across the ravines which cut up the country horrid. Dravot was very kind to me, but when he walked up and down in the pine wood pulling that bloody red beard of his with both fists I knew he was thinking plans I could not advise him about, and I just waited for orders.

"But Dravot never showed me disrespect before the people. They were afraid of me and the Army, but they loved Dan. He was the best of friends with the priests and the Chiefs; but any one could come across the hills with a complaint and Dravot would hear him out fair, and call four priests together and say what was to be done. He used to call in Billy Fish from Bashkai, and Pikky Kergan from Shu, and an old Chief we called Kafuzelum—it was like enough to his real name—and hold councils with 'em when there was any fighting to be done in small villages. That was his Council of War, and the four priests of Bashkai, Shu, Khawak, and Madora was his Privy Council. Between the lot of 'em they sent me,

Vous êtes mon peuple à moi, — dit-il, et il finit en anglais :
— Dieu me damne si je ne fais pas une chouette nation de
vous, ou que je claque à la tâche.

» Je ne peux pas vous dire tout ce que nous avons fait les
six mois qui suivirent, parce que Dravot boutiquait un tas de
choses dont je ne voyais pas la raison, et il apprit leur jargon
comme jamais je ne pus l'apprendre. Ma besogne consistait
à veiller aux labours, à visiter de temps en temps les autres
villages avec l'armée pour voir ce qu'ils faisaient, et à leur
montrer à jeter des ponts de cordes sur les sacrés ravins qui
hachent le pays. Dravot était très gentil pour moi, mais quand
il marchait de long en large dans le bois de pins, tirant à deux
poings cette barbe rouge sang qu'il avait, je savais bien qu'il
pensait à des projets où je ne pouvais pas lui donner d'avis,
et je me contentais d'attendre les ordres.

» Mais Dravot ne me manquait jamais de respect devant le
peuple. Ils avaient peur de moi et de l'armée, mais ils aimaient
Dan. Il était lié d'amitié avec les prêtres et les chefs ; mais
que le premier venu arrivât de l'autre côté de la montagne
avec une réclamation à porter, Dravot l'écoutait jusqu'au
bout, réunissait quatre prêtres et disait ce qu'il fallait faire. Il
envoyait chercher Billy Fish à Bashkai, Pikky Kergan à Shu, et
un vieux chef que nous appelions Kafuzelum — ça ressemblait
assez à son vrai nom, — puis tenait conseil avec eux, en cas
de batailles entre petits villages. C'était son conseil de guerre,
et les quatre prêtres de Bashkai, Shu, Khawak et Madora
formaient son conseil privé. À eux tous ils m'envoyèrent

with forty men and twenty rifles, and sixty men carrying turquoises, into the Ghorband country to buy those hand-made Martini rifles, that come out of the Amir's workshops at Kabul, from one of the Amir's Herati regiments that would have sold the very teeth out of their mouths for turquoises.

"I stayed in Ghorband a month, and gave the Governor the pick of my baskets for hush-money, and bribed the colonel of the regiment some more, and, between the two and the tribes-people, we got more than a hundred hand-made Martinis, a hundred good Kohat Jezails that'll throw to six hundred yards, and forty manloads of very bad ammunition for the rifles. I came back with what I had, and distributed 'em among the men that the Chiefs sent in to me to drill. Dravot was too busy to attend to those things, but the old Army that we first made helped me, and we turned out five hundred men that could drill, and two hundred that knew how to hold arms pretty straight. Even those cork-screwed, hand-made guns was a miracle to them. Dravot talked big about powder-shops and factories, walking up and down in the pine wood when the winter was coming on.

"'I won't make a Nation,' says he. 'I'll make an Empire! These men aren't niggers; they're English! Look at their eyes— look at their mouths. Look at the way they stand up.

avec quarante hommes et vingt fusils, plus soixante porteurs de turquoises, dans le pays de Ghorband, pour acheter des fusils Martini, fabriqués à la main, et qui sortent des arsenaux de l'amir à Kahoul, à un des régiments hératis de l'amir, des gens qui auraient vendu les dents de leurs mâchoires pour des turquoises.

» Je restai un mois à Ghorband. Je laissai au gouverneur le dessus de mes paniers pour qu'il se taise, et graissai la patte au colonel du régiment. En fin de compte nous emportâmes plus de cent martinis faits à la main, cent bons *jezails*[1] de Kohat qui portent à six cents mètres, et quarante charges de mauvaises munitions pour les fusils. Je rentrai avec tout, et en fis la distribution parmi les hommes que les chefs m'envoyaient à dresser. Dravot était trop affairé pour s'occuper de ces choses, mais l'ancienne armée que nous avions formée m'aida et je mis sur pied cinq cents hommes, bons manœuvriers, et deux cents capables de porter à peu près les armes. Jusqu'à ces pétoires fabriquées à la main et au tire-bouchon, qui leur semblaient des miracles ! Dravot parlait beaucoup de poudreries et d'arsenaux, tout en marchant de long en large dans le bois de pins, aux approches de l'hiver.

» — Ce n'est pas une nation que je veux faire, disait-il, c'est un empire. Ces hommes-là ne sont pas des noirs, mais des Anglais ! Regarde leurs yeux, leurs bouches. Vois la manière dont ils se tiennent debout.

---

1. Fusils à pierre.

They sit on chairs in their own houses. They're the Lost
Tribes, or something like it, and they've grown to be
English. I'll take a census in the spring if the priests don't
get frightened. There must be a fair two million of 'em
in these hills. The villages are full o' little children. Two
million people—two hundred and fifty thousand fighting
men—and all English! They only want the rifles and a little
drilling. Two hundred and fifty thousand men, ready to cut
in on Russia's right flank when she tries for India! Peachey,
man,' he says, chewing his beard in great hunks, 'we shall be
Emperors —Emperors of the Earth! Rajah Brooke will be
a suckling to us. I'll treat with the Viceroy on equal terms.
I'll ask him to send me twelve picked English— twelve
that I know of—to help us govern a bit. There's Mackray,
Sergeant-pensioner at Segowli—many's the good dinner
he's given me, and his wife a pair of trousers. There's Donkin,
the Warder of Tounghoo Jail; there's hundreds that I could
lay my hand on if I was in India. The Viceroy shall do it for
me. I'll send a man through in the spring for those men,
and I'll write for a dispensation from the Grand Lodge for
what I've done as Grand-Master. That—and all the Sniders
that'll be thrown out when the native troops in India take
up the Martini. They'll be worn smooth, but they'll do for
fighting in these hills. Twelve English, a hundred thousand
Sniders run through the Amir's country in driblets—I'd be
content with twenty thousand in one year—and we'd be

Ils se servent de chaises dans leurs maisons. Ce sont les Tribus Perdues[1] ou quelque chose de la sorte, et ils sont devenus Anglais. Je ferai un recensement au printemps, si les prêtres ne prennent pas peur. Il doit y avoir deux bons millions d'habitants dans ces montagnes. Les villages sont pleins de petits enfants. Deux millions — deux cent cinquante mille combattants — et tous Anglais ! Ils n'ont besoin que de fusils et d'un peu d'exercice. Deux cent cinquante mille hommes, tout prêts à entamer les Russes de flanc le jour où ils s'en prendront à l'Inde ! Peachey, mon vieux, disait-il, mâchant sa barbe à gros morceaux, nous serons empereurs — empereurs de la terre. Le rajah Brooke ne sera qu'un gosse à côté de nous. Je traiterai de pair avec le vice-roi. Je lui demanderai de m'envoyer douze Anglais de choix — douze que je connais pour nous aider à gouverner un brin. Il y a Mackray, le sergent retraité à Segowli, — je lui dois plus d'un bon dîner et une paire de culottes à sa femme. Il y a Donkin, le geôlier de la prison à Tounghoo, des centaines d'autres sur qui je mettrais la main tout de suite si j'étais dans l'Inde. Le vice-roi fera ça pour moi. J'enverrai quelqu'un au printemps chercher ces hommes, et je demanderai par écrit ma dispense à la grande Loge pour ce que j'ai fait comme Grand-Maître. Il me faut cela — cela et les Sniders qu'on réformera quand on donnera le Martini aux troupes noires des Indes. Ils seront usés, mais ils feront l'affaire pour la guerre par ici. Douze Anglais, cent mille sniders passés à travers le pays de l'amir en petits convois — vingt mille par an ça me suffirait — et nous serions

---

1. D'Israël.

an Empire. When everything was ship-shape, I'd hand over the crown—this crown I'm wearing now—to Queen Victoria on my knees, and she'd say:—"Rise up, Sir Daniel Dravot." Oh, its big! It's big, I tell you! But there's so much to be done in every place—Bashkai, Khawak, Shu, and everywhere else.'

"'What is it?' I says. 'There are no more men coming in to be drilled this autumn. Look at those fat, black clouds. They're bringing the snow.'

"'It isn't that,' says Daniel, putting his hand very hard on my shoulder; 'and I don't wish to say anything that's against you, for no other living man would have followed me and made me what I am as you have done. You're a first-class Commander-in-Chief, and the people know you; but—it's a big country, and somehow you can't help me, Peachey, in the way I want to be helped.'

"'Go to your blasted priests, then!' I said, and I was sorry when I made that remark, but it did hurt me sore to find Daniel talking so superior when I'd drilled all the men, and done all he told me.

"'Don't let's quarrel, Peachey,' says Daniel without cursing. 'You're a King too, and the half of this Kingdom is yours; but can't you see, Peachey, we want cleverer men than us now—three or four of 'em that we can scatter about for our Deputies? It's a hugeous great State, and I can't always tell the right thing to do, and I haven't time for all I want to do, and here's the winter coming on and all.'

un empire ! Une fois tout dégrossi, je remettrai ma couronne
— celle-là même que je porte aujourd'hui — je la remettrai,
un genou en terre, à la reine Victoria, et elle dirait « Levez-
vous, sir Daniel Dravot. » Oh c'est énorme, je te dis. Mais il y
a tout à faire partout — à Bashkai, Khawak, Shu et ailleurs…

» — Quoi donc, répondis-je ? Il ne viendra plus d'hommes
se faire instruire cet automne. Regarde ces gros nuages noirs.
Ils amènent la neige.

» — Ce n'est pas ça, dit Daniel, en posant sa main très fort
sur mon épaule, je ne voudrais pas dire un mot contre toi, car
aucun homme en vie ne m'aurait suivi ni fait ce que je suis,
aussi bien que toi. Tu es un général en chef de premier ordre,
le peuple le sait, mais… c'est un grand pays, et, en définitive,
tu ne peux pas m'aider, Peachey, de la manière qu'il faudrait.

» — Va demander à tes sacrés prêtres, alors ! dis-je, et je
regrettai tout de suite d'avoir dit cela, mais ça me blessait au
vif d'entendre Daniel le prendre de si haut avec moi qui avais
instruit tous les hommes et fait tout ce qu'il m'avait dit.

» — Ne nous disputons pas, Peachey, dit Daniel sans jurer.
Tu es roi aussi, la moitié de ce royaume est à toi ; mais ne
vois-tu pas, Peachey, qu'il y faut à présent des gens plus forts
que nous — trois ou quatre qu'on pourrait placer par-ci par-
là dans le pays, en qualité de représentants ? C'est un diable
de grand État, je ne sais pas toujours ce qu'il est à propos de
faire, je n'ai pas le temps pour tout ce que je voudrais, voilà
l'hiver qui s'amène et le reste…

"He put half his beard into his mouth, and it was as red as the gold of his crown.

"'I'm sorry, Daniel,' says I. 'I've done all could. I've drilled the men and shown the people how to stack their oats better, and I've brought in those tinware rifles from Ghorband—but I know what you're driving at. I take it Kings always feel oppressed that way.'

"'There's another thing too,' says Dravot, walking up and down. 'The winter's coming and these people won't be giving much trouble, and if they do we can't move about. I want a wife.'

"'For Gord's sake leave the women alone!' I says. 'We've both got all the work we can, though I am a fool. Remember the Contrack, and keep clear o' women.'

"'The Contrack only lasted till such time as we was Kings; and Kings we have been these months past,' says Dravot, weighing his crown in his hand. 'You go get a wife too, Peachey—a nice, strappin', plump girl that'll keep you warm in the winter. They're prettier than English girls, and we can take the pick of 'em. Boil 'em once or twice in hot water, and they'll come as fair as chicken and ham.'

"'Don't tempt me!' I says. 'I will not have any dealings with a woman not till we are a dam' side more settled than we are now. I've been doing the work o' two men, and you've been doing the work o' three. Let's lie off a bit,

» Il se fourra dans la bouche la moitié de sa barbe, et elle paraissait aussi rouge que l'or de sa couronne. Je dis :

» — Je suis fâché, Daniel. J'ai fait ce que j'ai pu. J'ai instruit les hommes et montré aux gens à mettre en meules leur avoine ; j'ai aussi apporté ces camelotes de fusils du Ghorband, mais je vois où tu veux en venir. Les rois sont toujours embêtés par des idées comme ça.

» — Il y a encore autre chose, dit Dravot en marchant de long en large. L'hiver arrive, le peuple ne nous donnera guère de mal à présent, et même en ce cas nous ne pourrions pas bouger. Il me faut une femme.

» — Pour l'amour de Dieu, laisse les femmes tranquilles ! que je dis. Nous avons tous les deux les mains combles de besogne, quoique pour ma part je ne sois qu'un imbécile. Rappelle-toi le contrat et ne t'empêtre pas de jupons.

» — Le contrat n'avait force que jusqu'au moment où nous serions rois ; et, rois, nous avons régné voilà plusieurs mois passés, dit Dravot en soupesant sa couronne. Va-t'en chercher femme, toi aussi, Peachey, une jolie fille, découplée, bien en chair, qui te tienne chaud l'hiver. Elles sont plus jolies que les filles d'Angleterre, et nous pouvons choisir.

» — Ne me tente pas, je lui dis. Je ne veux pas avoir affaire à une femme avant que nous soyons un sacré brin plus d'aplomb que pour le moment. J'ai travaillé comme deux et toi comme quatre... Reposons-nous un peu,

and see if we can get some better tobacco from Afghan country and run in some good liquor; but no women.'

"'Who's talking o' women?' says Dravot. 'I said wife—a Queen to breed a King's son for the King. A Queen out of the strongest tribe, that'll make them your blood-brothers, and that'll lie by your side and tell you all the people thinks about you and their own affairs. That's what I want.'

"'Do you remember that Bengali woman I kept at Mogul Serai when I was plate-layer?' says I. 'A fat lot o' good she was to me. She taught me the lingo and one or two other things; but what happened? She ran away with the Station Master's servant and half my month's pay. Then she turned up at Dadur Junction in tow of a half-caste, and had the impidence to say I was her husband —all among the drivers of the running-shed!'

"'We've done with that,' says Dravot. 'These women are whiter than you or me, and a Queen I will have for the winter months.'

"'For the last time o' asking, Dan, do not,' I says. 'It'll only bring us harm. The Bible says that Kings ain't to waste their strength on women, 'specially when they've got a new raw Kingdom to work over.'

tâchons de nous faire fournir de meilleur tabac en pays afghan et d'introduire quelque chose à boire ; mais pas de femmes.

» — Qui parle de *femmes* ? dit Dravot. Il ne m'en faut qu'une — une reine qui engendre au roi un fils de roi. Une reine issue de la tribu la plus forte et qui en fasse tes frères de sang, qui dorme à ton flanc et te répète tout ce que le peuple pense autant de toi que de ses propres affaires. Voilà ce qu'il me faut.

» — Te rappelles-tu cette Bengali que j'entretenais à Mogul-Serai quand j'étais ouvrier poseur ? Elle m'a rendu service, pour sûr. Elle m'a appris la langue et une ou deux autres choses ; mais qu'est-ce qui est arrivé ? Elle a fichu le camp avec le *khidmatgar*[1] du chef de gare et un demi-mois de ma paye. Puis, un beau jour, la voilà qui s'amène, en pleine station de Dadur, à la traîne derrière un métis, et l'impudence de m'appeler son mari devant tous les mécaniciens, dans le hangar aux machines !

» — Fini, tout ça, dit Dravot. Ces femmes d'ici sont plus blanches que toi et moi, et j'aurai une reine pour les mois d'hiver.

» — Je te le demande pour la dernière fois, Dan, ne fais pas ça. Il n'en viendra que du mal. La Bible défend aux rois de perdre leur force avec les femmes, surtout quand ils ont à se tirer d'affaire avec un royaume tout neuf.

---

1. Domestique.

"'For the last time of answering, I will,' said Dravot, and he went away through the pine-trees looking like a big red devil. The low sun hit his crown and beard on one side, and the two blazed like hot coals.

"But getting a wife was not as easy as Dan thought. He put it before the Council, and there was no answer till Billy Fish said that he'd better ask the girls. Dravot damned them all round. 'What's wrong with me?' he shouts, standing by the idol Imbra. 'Am I a dog or am I not enough of a man for your wenches? Haven't I put the shadow of my hand over this country? Who stopped the last Afghan raid?' It was me really, but Dravot was too angry to remember. 'Who bought your guns? Who repaired the bridges? Who's the Grand-Master of the sign cut in the stone?' and he thumped his hand on the block that he used to sit on in Lodge, and at Council, which opened like Lodge always. Billy Fish said nothing and no more did the others. 'Keep your hair on, Dan,' said I; 'and ask the girls. That's how it's done at home, and these people are quite English.'

"'The marriage of a King is a matter of State,' says Dan, in a white-hot rage, for he could feel, I hope, that he was going against his better mind. He walked out of the Council-room, and the others sat still, looking at the ground.

» — Pour la dernière fois, je réponds : Ce sera comme je veux, dit Dravot. — Et il avait l'air d'un grand diable rouge, comme il s'en allait à travers les pins. Le soleil bas tapait de côté sur la couronne et la barbe, et toutes deux flamboyaient comme des braises.

» Ça n'était pas si facile de prendre femme que Dan le croyait. — Il exposa la chose au conseil, et personne ne répondit jusqu'au moment où Billy Fish dit qu'il ferait bien de demander aux filles. Dravot se mit à sacrer à la ronde. "Qu'y a-t-il contre moi ? qu'il cria, debout près de l'idole Imbra. Suis-je un chien ou pas assez un homme pour vos donzelles ? N'ai-je point étendu l'ombre de ma main sur cette terre ? Qui a repoussé le dernier raid afghan ?" C'était moi, à la vérité, mais Daniel était trop en colère pour s'en souvenir. "Qui a acheté vos fusils ? Réparé les ponts ? Qui est le grand maître du signe gravé sur la pierre ?" Et il cogna du poing sur le bloc où il siégeait d'ordinaire — en loge comme au conseil — les deux se tenaient de même manière toujours. Billy Fish ne dit rien, les autres non plus. "Ne t'emballe pas, Dan, que je dis, et demande aux filles. C'est comme cela qu'on fait chez nous, et ces gars-là sont tout à fait anglais."

» — Le mariage du roi est affaire d'État, dit Dan. — Dans sa colère blanche il se rendait compte, il faut croire, qu'il allait contre son intérêt mieux entendu. Il sortit à grands pas de la salle du conseil, et les autres restaient immobiles, les yeux fichés à terre.

"'Billy Fish,' says I to the Chief of Bashkai, 'what's the difficulty here? A straight answer to a true friend.'

"'You know,' says Billy Fish. 'How should a man tell you who know everything? How can daughters of men marry gods or devils? It's not proper.'

"I remembered something like that in the Bible; but if, after seeing us as long as they had, they still believed we were gods it wasn't for me to undeceive them.

"'A god can do anything,' says I. 'If the King is fond of a girl he'll not let her die.'

"'She'll have to,' said Billy Fish. 'There are all sorts of gods and devils in these mountains, and now and again a girl marries one of them and isn't seen any more. Besides, you two know the Mark cut in the stone. Only the gods know that. We thought you were men till you showed the sign of the Master.'

"'I wished then that we had explained about the loss of the genuine secrets of a Master-Mason at the first go-off; but I said nothing. All that night there was a blowing of horns in a little dark temple half-way down the hill, and I heard a girl crying fit to die. One of the priests told us that she was being prepared to marry the King.

"'I'll have no nonsense of that kind,' says Dan. 'I don't want to interfere with your customs, but I'll take my own wife.

» — Billy Fish, dis-je au chef de Bashkai, quelle difficulté se présente donc ici ? Réponds franchement comme à un franc ami.

» — Vous le savez, dit Billy Fish. Que vous apprendrait un homme à vous qui savez tout ? Comment les filles des hommes s'uniraient-elles à des dieux ou à des diables ? Ce n'est pas convenable.

» Je me rappelais quelque chose de la sorte dans la Bible ; mais du moment qu'ils nous prenaient encore pour des dieux depuis le temps qu'ils nous connaissaient, ce n'était pas à moi de les détromper.

» — Un Dieu peut tout, dis-je. Si le roi aime une femme, il ne permettra point qu'elle meure.

» — Il le faudra, dit Billy Fish. Il y a toutes sortes de dieux et de diables dans ces montagnes, et de temps en temps une fille en épouse un et on ne la revoit plus. En outre, vous connaissez tous deux la marque gravée sur la pierre. Les dieux seuls connaissent cela. Nous vous croyions hommes jusqu'à ce que vous ayez montré le signe du maître.

» Toute cette nuit-là on entendit souffler dans des cornes et une voix de femme qui pleurait à se faire mourir. Cela venait d'un petit temple noir à mi-chemin de la colline. Un des prêtres nous dit qu'on la préparait à devenir la femme du roi.

» — Pas de ces blagues, dit Dan. Je ne veux pas me mêler de vos coutumes, mais c'est moi qui choisirai ma femme.

"'The girl's a little bit afraid,' says the priest. 'She thinks she's going to die, and they are a-heartening of her up down in the temple.'

"'Hearten her very tender, then,' says Dravot, 'or I'll hearten you with the butt of a gun so that you'll never want to be heartened again.'

"He licked his lips, did Dan, and stayed up walking about more than half the night, thinking of the wife that he was going to get in the morning. I wasn't any means comfortable, for I knew that dealings with a woman in foreign parts, though you was a crowned King twenty times over, could not but be risky. I got up very early in the morning while Dravot was asleep, and I saw the priests talking together in whispers, and the Chiefs talking together too, and they looked at me out of the corners of their eyes.

"'What is up, Fish?' I says to the Bashkai man, who was wrapped up in his furs and looking splendid to behold.

"'I can't rightly say,' says he; 'but if you can induce the King to drop all this nonsense about marriage, you'll be doing him and me and yourself a great service.'

"'That I do believe,' says I. 'But sure, you know, Billy, as well as me, having fought against and for us, that the King and me are nothing more than two of the finest men that God Almighty ever made. Nothing more, I do assure you.'

» — Elle a peur un peu, dit le prêtre. Elle croit qu'elle va mourir, et on lui redonne du cœur là-bas dans le temple.

» — Donnez-lui du cœur en douceur alors, dit Dravot, ou je vous en donnerai à coups de crosse de façon à vous ôter l'envie qu'on vous en donne jamais plus.

» Il se passa la langue sur les lèvres et resta la moitié de la nuit à se promener de haut en bas, en pensant à la femme qu'il aurait au matin. Je ne me sentais guère à l'aise, car je savais que des histoires de femmes en pays étranger, fût-on roi vingt fois, ça ne pouvait qu'être risqué. Je me levai de très bonne heure le lendemain, Dravot dormait encore, et je vis les prêtres qui chuchotaient entre eux, les chefs qui se parlaient bas aussi, et tous m'observaient du coin de l'œil.

» — Qu'est-ce qui chauffe, Fish ? dis-je au chef de Bashkai. Il était superbe à voir avec ses habits de fourrures.

» — Je ne sais pas au juste, dit-il, mais si vous pouvez amener le roi à renoncer à toute cette histoire de mariage, vous nous rendrez un fier service à lui et à moi comme à vous.

» — Ça, je le crois, dis-je. Mais pour sûr, Billy, tu sais aussi bien que moi, toi qui t'es battu contre et pour nous, que le roi et moi ne sommes rien de plus que deux des plus rudes hommes que le Seigneur ait jamais faits. Rien de plus, je t'assure.

"'That may be,' says Billy Fish, 'and yet I should be sorry if it was.'

"He sinks his head upon his great fur cloak for a minute and thinks.

"'King,' says he, 'be you man or god or devil, I'll stick by you to-day. I have twenty of my men with me, and they will follow me. We'll go to Bashkai until the storm blows over.'

"A little snow had fallen in the night, and everything was white except the greasy fat clouds that blew down and down from the north. Dravot came out with his crown on his head, swinging his arms and stamping his feet, and looking more pleased than Punch.

"'For the last time, drop it, Dan,' says I in a whisper. 'Billy Fish here says that there will be a row.'

"'A row among my people!' says Dravot. 'Not much. Peachy, you're a fool not to get a wife too. Where's the girl?' says he with a voice as loud as the braying of a jackass. 'Call up all the Chiefs and priests, and let the Emperor see if his wife suits him.'

"There was no need to call any one. They were all there leaning on their guns and spears round the clearing in the centre of the pine wood. A deputation of priests went down to the little temple to bring up the girl, and the horns blew up fit to wake the dead. Billy Fish saunters round and gets as close to Daniel as he could, and behind him stood

» — Possible, dit Billy Fish, et pourtant j'en serais fâché.

» Il laissa tomber sa tête sur son grand manteau fourré pendant une minute, et réfléchit.

» — Roi, dit-il, homme, dieu ou diable, compte sur moi dès ce jour. J'ai vingt hommes avec moi qui me suivront. Nous irons à Bashkai jusqu'au grain passé.

» Il était tombé un peu de neige cette nuit et tout était blanc, sauf les gros nuages huileux qui se suivaient l'un après l'autre dans le vent du Nord. Dravot parut, couronne en tête, battant des bras et frappant des pieds, l'air plus content qu'un dieu.

» — Pour la dernière fois, Dan, lâche ton idée, je lui dis tout bas. Voilà Billy Fish qui dit qu'il y aura du grabuge.

» — Parmi mon peuple ? dit Dravot. Je voudrais voir. Peachey, tu es fou de ne pas prendre une femme aussi. Où est-elle ? dit-il d'une voix comme un âne qui brait. Rassemblement pour les chefs et prêtres, et que l'empereur voie si son épouse lui convient.

» Il n'y avait besoin de rassembler personne. Ils étaient tous là, appuyés sur leurs fusils et leurs lances, autour de la clairière, au milieu du bois de pins. Une députation de prêtres descendit au petit temple chercher la jeune fille, et les cornes soufflaient à réveiller les morts. Billy Fish, sans en avoir l'air, se rapprocha de Daniel le plus possible, et derrière lui se tenaient

his twenty men with matchlocks. Not a man of them under six feet. I was next to Dravot, and behind me was twenty men of the regular Army. Up comes the girl, and a strapping wench she was, covered with silver and turquoises but white as death, and looking back every minute at the priests.

"'She'll do,' said Dan, looking her over. 'What's to be afraid of, lass? Come and kiss me.'

"He puts his arm round her. She shuts her eyes, gives a bit of a squeak, and down goes her face in the side of Dan's flaming red beard.

"'The slut's bitten me!' says he, clapping his hand to his neck, and, sure enough, his hand was red with blood. Billy Fish and two of his matchlock-men catches hold of Dan by the shoulders and drags him into the Bashkai lot, while the priests howls in their lingo,—'Neither god nor devil but a man!' I was all taken aback, for a priest cut at me in front, and the Army behind began firing into the Bashkai men.

"'God A-mighty!' says Dan. 'What is the meaning o' this?'

"'Come back! Come away!' says Billy Fish. 'Ruin and Mutiny is the matter. We'll break for Bashkai if we can.'

ses vingt hommes avec leurs fusils à bassinet. Pas un moins haut que six pieds. J'étais à côté de Dravot avec, derrière moi, vingt hommes de l'armée régulière . Arrive la femme, un beau brin de fille, couverte d'argent et de turquoises, mais pâle comme la mort et qui, à chaque instant, se retournait vers les prêtres.

» — Elle fera l'affaire, dit Dan, en la regardant de la tête aux pieds. Qu'y a-t-il donc, fillette, pour avoir peur : Viens m'embrasser.

» Il lui passe le bras autour de la taille. Elle ferme les yeux, fait un petit cri, et voilà sa figure qui tombe, de côté, dans la barbe rouge-feu de Dravot.

» — La garce m'a mordu qu'il dit en portant la main à son cou, et pour sûr qu'il la retira rouge de sang. Billy Fish et deux de ses fusiliers empoignent Dan par les épaules et le tirent en arrière parmi les hommes de Bashkai, tandis que les prêtres hurlent dans leur baragouin : « Ni Dieu, ni diable — un homme ! » J'étais abasourdi, un prêtre me porta un coin de pointe de face et, en arrière, l'armée se mit à faire feu sur les hommes de Bashkai.

» — Bon Dieu de bon Dieu ! dit Dan. Qu'est-ce que ça veut dire ?

» — Rentrons ! Allons-nous-en ! crie Billy Fish. Ruine et révolte, voilà ce que c'est. Gagnons Bashkai, si l'on peut.

"I tried to give some sort of orders to my men—the men o' the regular Army—but it was no use, so I fired into the brown of 'em with an English Martini and drilled three beggars in a line. The valley was full of shouting, howling creatures, and every soul was shrieking, 'Not a god nor a devil but only a man!' The Bashkai troops stuck to Billy Fish all they were worth, but their matchlocks wasn't half as good as the Kabul breech-loaders, and four of them dropped. Dan was bellowing like a bull, for he was very wrathy; and Billy Fish had a hard job to prevent him running out at the crowd.

"'We can't stand,' says Billy Fish. 'Make a run for it down the valley! The whole place is against us.'

"The matchlock-men ran, and we went down the valley in spite of Dravot's protestations. He was swearing horribly and crying out that he was a King. The priests rolled great stones on us, and the regular Army fired hard, and there wasn't more than six men, not counting Dan, Billy Fish, and Me, that came down to the bottom of the valley alive.

"'Then they stopped firing and the horns in the temple blew again.

"'Come away— for Gord's sake come away!' says Billy Fish. 'They'll send runners out to all the villages before ever we get to Bashkai. I can protect you there, but I can't do anything now.'

» J'essayai de donner des ordres à mes hommes — ceux de l'armée régulière — mais ça ne servait à rien, de sorte que je fis feu dans le tas avec un Martini de manufacture anglaise, et j'en abattis trois gueux d'affilée. La vallée était pleine de créatures qui criaient, hurlaient, et chaque bouche gueulait : « Ni Dieu, ni diable, rien qu'un homme ! » Les troupes de Bashkai tinrent bon pour Billy Fish comme elles purent, mais leurs fusils à bassinet ne valaient pas de beaucoup les autres, de Kaboul, à chargement par la culasse, et quatre hommes tombèrent. Dan beuglait comme un taureau, de rage, et Billy Fish en avait plein les bras à l'empêcher de foncer sur la foule.

» — Il n'y a pas moyen de tenir, dit Billy Fish. Sauve qui peut, par la vallée ! Tout le monde est contre nous !

» Les hommes courent, et nous descendons la vallée malgré les protestations de Dravot. Il jurait horriblement, criant qu'il était roi. Les prêtres nous firent rouler de grosses pierres dessus, l'armée régulière tirait à force et il n'y eut pas plus de six hommes, sans compter Dan, Billy Fish et moi, qui arrivèrent vivants au bas de la vallée.

» Puis on cessa le feu, et les cornes se remirent à sonner dans le temple.

» — Venez ! Pour l'amour de Dieu, venez ! dit Billy Fish. Ils enverront des courriers à tous les villages avant même que nous atteignions Bashkai. Je réponds de vous là, mais je ne peux rien faire pour l'instant.

"My own notion is that Dan began to go mad in his head from that hour. He stared up and down like a stuck pig. Then he was all for walking back alone and killing the priests with his bare hands; which he could have done.

"'An Emperor am I,' says Daniel, 'and next year I shall be a Knight of the Queen.'

"'All right, Dan,' says I; 'but come along now while there's time.'

"'It's your fault,' says he, 'for not looking after your Army better. There was mutiny in the midst, and you didn't know —you damned engine-driving, plate-laying, missionary's-pass-hunting hound!' He sat upon a rock and called me every foul name he could lay tongue to. I was too heart-sick to care, though it was all his foolishness that brought the smash.

"'I'm sorry, Dan,' says I , 'but there's no accounting for natives. This business is our Fifty-Seven. Maybe we'll make something out of it yet, when we've got to Bashkai.'

"'Let's get to Bashkai, then,' says Dan, 'and, by God, when I come back here again I'll sweep the valley so there isn't a bug in a blanket left!'

"'We walked all that day, and all that night Dan was stumping up and down on the snow, chewing his beard and muttering to himself.

» On ne m'ôtera pas de la tête que Dan commença à devenir fou dès ce moment-là. Il regardait en haut, en bas, les yeux écarquillés, comme un cochon empaillé. Puis il voulut retourner afin de tuer les prêtres de ses mains nues — il l'aurait fait.

» — Je suis un empereur, disait Daniel, et l'année prochaine je serai chevalier de la reine.

» — Très bien, Dan, que je dis, mais viens-t'en pour lors pendant qu'il est temps.

» — C'est ta faute, dit-il. Il fallait mieux surveiller ton armée. La révolte y couvait, et tu n'en savais rien — sacré mécanicien, espèce de poseur de plaques, de tapeur de missionnaires de malheur ! Il s'assit sur un rocher et m'appela de tous les vilains noms qui lui passaient par la tête. J'avais le cœur trop gros pour que ça me fasse rien ; pourtant c'était sa folie seule qui avait causé la débâcle.

» — Je suis fâché, Dan, que je dis, mais on ne peut pas compter sur des natifs. C'est notre 57 à nous, cette affaire. Bah ! nous nous en tirerons peut-être encore, une fois rendus à Bashkai.

» — Allons à Bashkai donc, dit Dan, et par Dieu quand je reviendrai ici, je nettoierai si bien la vallée qu'il n'y restera pas un pou dans un tapis !

» Nous marchâmes tout le jour et toute la nuit, Dan trépignant dans la neige, rongeant sa barbe et marmottant tout seul.

"'There's no hope o' getting clear,' said Billy Fish. 'The priests will have sent runners to the villages to say that you are only men. Why didn't you stick on as gods till things was more settled? I'm a dead man,' says Billy Fish, and he throws himself down on the snow and begins to pray to his gods.

"Next morning we was in a cruel bad country—all up and down, no level ground at all, and no food either. The six Bashkai men looked at Billy Fish hungry-wise as if they wanted to ask something, but they said never a word. At noon we came to the top of a flat mountain all covered with snow, and when we climbed up into it, behold, there was an army in position waiting in the middle!

"'The runners have been very quick,' says Billy Fish, with a little bit of a laugh. 'They are waiting for us.'

"Three or four men began to fire from the enemy's side, and a chance shot took Daniel in the calf of the leg. That brought him to his senses. He looks across the snow at the Army, and sees the rifles that we had brought into the country.

"'We're done for,' says he. 'They are Englishmen, these people,—and it's my blasted nonsense that has brought you to this. Get back, Billy Fish, and take your men away; you've done what you could, and now cut for it. Carnehan,' says he, 'shake hands with me and go along with Billy. Maybe they won't kill you. I'll go and meet 'em alone. It's me that did it. Me, the King!'

» — Il n'y a pas chance de s'en tirer, dit Billy Fish. Les prêtres auront envoyé des coureurs dans les villages dire que vous n'étiez que des hommes. Pourquoi n'avez-vous pas continué à faire les dieux jusqu'à ce que tout fût plus d'aplomb ? Je suis un homme mort. — Et il se jette de tout son long sur la neige et se met à prier ses dieux.

» Le lendemain matin nous étions dans un sacré mauvais pays, tout en hauts et bas, rien de niveau, et rien à manger non plus. Les six hommes de Bashkai regardaient Billy Fish avec des yeux affamés, mais ils ne dirent pas un mot. À midi, nous arrivons en haut d'une montagne plate toute couverte de neige, et une fois grimpés sur le plateau, qu'est-ce que nous voyons ? Une armée rangée en bataille au beau milieu !

» — Les courriers sont allés vite, dit Billy avec un petit rire. On nous attend.

» Trois ou quatre des ennemis commencèrent à tirer, et une balle attrapa par hasard Daniel dans le mollet. Ça le remet de sang-froid. En regardant par-dessus la neige vers l'armée, il reconnaît les fusils que nous avions introduits dans le pays.

» — Nous sommes foutus, qu'il dit. Ce sont des Anglais, ces gens — et c'est mes sacrées bêtises qui t'ont amené là. Retourne, Billy Fish, et emmène tes hommes. Tu as fait ce que tu as pu, sauve-toi maintenant. Carnehan, qu'il dit, serre-moi la main, et va-t'en avec Billy. Peut-être ils ne te tueront pas. J'irai au-devant d'eux tout seul. C'est moi qui ai tout fait. Moi, le roi.

"'Go!' says I. 'Go to Hell, Dan. I'm with you here. Billy Fish, you clear out, and we two will meet those folk.'

"'I'm a Chief,' says Billy Fish, quite quiet. 'I stay with you. My men can go.'

"The Bashkai fellows didn't wait for a second word but ran off, and Dan and Me and Billy Fish walked across to where the drums were drumming and the horns were horning. It was cold-awful cold. I've got that cold in the back of my head now. There's a lump of it there."

The punkah-coolies had gone to sleep. Two kerosene lamps were blazing in the office, and the perspiration poured down my face and splashed on the blotter as I leaned forward. Carnehan was shivering, and I feared that his mind might go. I wiped my face, took a fresh grip of the piteously mangled hands, and said:—"What happened after that?"

The momentary shift of my eyes had broken the clear current.

"What was you pleased to say?" whined Carnehan. "They took them without any sound. Not a little whisper all along the snow, not though the King knocked down the first man that set hand on him—not though old Peachey fired his last cartridge into the brown of 'em. Not a single solitary sound did those swines make. They just closed up, tight,

» — Tout seul ! que je dis. Va-t'en au diable, Dan. Nous sommes deux ici. Billy Fish, défile-toi, et nous irons ensemble, nous autres, au-devant de ces gens-là.

» — Je suis un chef, dit Billy Fish, tout tranquille. Je reste avec vous. Mes hommes peuvent partir.

» Les gars de Bashkai ne se le firent pas dire deux fois et prirent la course. Dan et moi et Billy Fish nous marchâmes vers l'endroit où les tambours battaient et où cornaient les cornes. Il faisait froid — terriblement froid. J'ai encore ce froid-là dans la nuque à cette heure. Il y en a un morceau, toujours, là. »

Les coolies du pankah s'étaient endormis. Deux lampes à pétrole flamboyaient dans le bureau, la sueur ruisselait de mon visage et s'écrasait en grosses gouttes sur le buvard comme je me penchais en avant. Carnehan grelottait. J'eus peur que sa raison ne fléchît. Je m'épongeai le front, étreignis de nouveau ses mains pitoyables et mutilées, et dis : "Qu'arriva-t-il après cela ?"

Mes yeux détournés un instant, cela avait suffi pour rompre le courant lucide.

« S'il vous plaît ? gémit Carnelian. Ils les prirent sans faire de bruit. Pas un petit murmure sur toute l'étendue de neige, rien, malgré que le roi culbutât le premier qui lui mit la main dessus, ni quoique le vieux Peachey fît feu de sa dernière cartouche dans le tas. Pas le moindre petit bruit, les cochons ! Ils se refermèrent sur nous, pas plus, mais serrés,

and I tell you their furs stunk. There was a man called Billy Fish, a good friend of us all, and they cut his throat, Sir, then and there, like a pig; and the King kicks up the bloody snow and says:—'We've had a dashed fine run for our money. What's coming next?' But Peachey, Peachey Taliaferro, I tell you, Sir, in confidence as betwixt two friends, he lost his head, Sir. No, he didn't neither. The King lost his head, so he did, all along o' one of those cunning rope-bridges. Kindly let me have the paper-cutter, Sir. It tilted this way. They marched him a mile across that snow to a rope-bridge over a ravine with a river at the bottom. You may have seen such. They prodded him behind like an ox. 'Damn your eyes!' says the King. 'D'you suppose I can't die like a gentleman?' He turns to Peachey—Peachey that was crying like a child. 'I've brought you to this, Peachey,' says he. 'Brought you out of your happy life to be killed in Kafiristan, where you was late Commander-in-Chief of the Emperor's forces. Say you forgive me, Peachey.' 'I do,' says Peachey. 'Fully and freely do I forgive you, Dan.' 'Shake hands, Peachey,' says he. 'I'm going now.' Out he goes, looking neither right nor left, and when he was plumb in the middle of those dizzy dancing ropes, 'Cut, you beggars,' he shouts; and they cut, and old Dan fell, turning round and round and round, twenty thousand miles, for he took half an hour to fall till he struck the water, and I could see his body caught on a rock with the gold crown close beside.

et je vous prie de croire que leurs fourrures puaient. Il y avait un homme appelé Billy Fish — bon ami à nous tous et ils l'égorgèrent, Monsieur, devant nous, comme un porc ; et le roi faisait voler du pied la neige rouge en disant : « Nous en avons eu pour notre argent au moins. À qui le tour ? » Mais Peachey, Peachey Taliaferro — je vous le dis, Monsieur, entre nous, comme un ami, en confidence il perdit la tête, Monsieur. Non, il ne perdit ni l'une ni l'autre. C'est le Roi qui perdit la tête, oui, tout le long d'un de ces rusés de ponts de corde. Ayez la bonté de me passer le coupe-papier, Monsieur. Il versa, le pont, comme ça. On les fit marcher un mille sur la neige jusqu'à un pont de corde en travers d'un ravin avec une rivière au fond. Vous en avez vu de pareils. On les piquait par derrière comme des bœufs. "Damnées brutes, dit le roi, croyez-vous que je ne saurai pas mourir comme un gentleman ?" Il se tourne vers Peachey — Peachey qui pleurait comme un gosse : "C'est moi qui t'ai conduit là, Peachey, qu'il dit. Arraché à ta bonne vie pour te faire tuer en Kafiristan où tu étais, il n'y a pas longtemps, général en chef des forces de l'empereur. Dis-moi que tu me pardonnes, Peachey ? — Sûr que je te pardonne, et de tout cœur, Dan. — Ta main, Peachey dit-il. J'y vais maintenant." Et le voilà qui s'avance, sans regarder à droite ni à gauche, et une fois arrivé en plein au milieu de ces sales cordes qui dansent de vertige : « Coupez, chiens ! » qu'il crie, et ils coupent, et mon vieux Dan tomba, en tournant sur lui-même, pendant vingt mille lieues, car il mit une demi-heure à tomber avant de toucher l'eau, et je voyais son corps aplati sur une pierre et la couronne d'or à côté.

"But do you know what they did to Peachey between two pine-trees? They crucified him, sir, as Peachey's hands will show. They used wooden pegs for his hands and his feet; and he didn't die. He hung there and screamed, and they took him down next day, and said it was a miracle that he wasn't dead. They took him down —poor old Peachey that hadn't done them any harm—that hadn't done them any..."

He rocked to and fro and wept bitterly, wiping his eyes with the back of his scarred hands and moaning like a child for some ten minutes.

"They was cruel enough to feed him up in the temple, because they said he was more of a god than old Daniel that was a man. Then they turned him out on the snow, and told him to go home, and Peachey came home in about a year, begging along the roads quite safe; for Daniel Dravot he walked before and said:—'Come along, Peachey. It's a big thing we're doing.' The mountains they danced at night, and the mountains they tried to fall on Peachey's head, but Dan he held up his hand, and Peachey came along bent double. He never let go of Dan's hand, and he never let go of Dan's head. They gave it to him as a present in the temple, to remind him not to come again, and though the crown was pure gold, and Peachey was starving, never would Peachey sell the same. You knew Dravot, sir! You knew Right Worshipful Brother Dravot! Look at him now!"

» Mais savez-vous ce qu'ils firent à Peachey entre deux troncs de pins ? Ils le crucifièrent, Monsieur, comme ça se voit en regardant ses mains. Ils lui enfoncèrent des chevilles de bois dans les mains et dans les pieds, et il n'est pas mort. Il resta accroché là, et il hurlait. On le descendit le jour suivant, et tout le monde dit que c'était un miracle qu'il ne fût pas mort. Ils le descendirent — pauvre vieux Peachey qui ne leur avait rien fait — qui ne leur avait... »

Il se mit à se balancer en pleurant amèrement et s'essuyant les yeux du revers de ses mains scarifiées. Il gémit comme un enfant pendant quelque dix minutes.

« Ils furent assez cruels pour lui donner à manger dans le temple, parce qu'ils disaient qu'il était plus Dieu que son vieux Daniel qui était homme. Puis ils le jetèrent dehors sur la neige, et lui dirent de retourner dans son pays et Peachey retourna — il mit à peu près une année — en mendiant le long des routes. Il n'avait pas peur parce que Daniel Dravot marchait devant et disait : "Viens, Peachey, c'est de grandes choses que nous faisons." Les montagnes dansaient la nuit, et elles tâchaient de tomber sur la tête de Peachey ; mais Dan levait la main et Peachey suivait tout le long et courbé en deux. Il ne lâchait jamais la main de Dan et il ne lâcha jamais la tête de Dan. Ils la lui donnèrent dans le temple, pour qu'il se rappelle de ne plus revenir, et quoique la couronne soit en or pur et que Peachey eût faim, jamais Peachey n'aurait voulu la vendre. Vous avez connu Dravot, Monsieur ? Vous avez connu le très vénérable Frère Dravot ! Regardez-le maintenant ! »

He fumbled in the mass of rags round his bent waist; brought out a black horsehair bag embroidered with silver thread; and shook therefrom on to my table—the dried, withered head of Daniel Dravot! The morning sun that had long been paling the lamps struck the red beard and blind sunken eyes; struck, too, a heavy circlet of gold studded with raw turquoises, that Carnehan placed tenderly on the battered temples.

"You behold now," said Carnehan, "the Emperor in his habit as he lived—the King of Kafiristan with his crown upon his head. Poor old Daniel that was a monarch once!"

I shuddered, for, in spite of defacements manifold, I recognized the head of the man of Marwar Junction. Carnehan rose to go. I attempted to stop him. He was not fit to walk abroad.

"Let me take away the whiskey, and give me a little money," he gasped. "I was a King once. I'll go to the Deputy Commissioner and ask to set in the Poor-house till I get my health. No, thank you, I can't wait till you get a carriage for me. I've urgent private affairs—in the south—at Marwar."

He shambled out of the office and departed in the direction of the Deputy Commissioner's house. That day at noon I had occasion to go down the blinding hot Mall,

Il fouilla dans l'épaisseur des loques qui entouraient sa taille tordue, retira un sac de crin noir brodé de fil d'argent, et en secoua sur la table la tête desséchée et flétrie de Daniel Dravot ! Le soleil matinal, car depuis longtemps les lampes avaient pâli, frappa la barbe rouge, les yeux aveugles dans les orbites creuses, de même que le lourd cercle d'or incrusté de turquoises brutes que Carnehan plaça tendrement sur les tempes blêmies.

« Vous contemplez maintenant l'empereur en son appareil ordinaire, comme il vivait — le roi du Kafiristan avec la couronne en tête. Pauvre vieux Daniel qui fut monarque une fois ! »

Je frémis, car défigurée par vingt blessures, je reconnaissais malgré tout la tête de l'homme que j'avais vu à la gare de Marwar. Carnehan se leva pour partir. J'essayai de le retenir. Il n'était pas en état d'affronter la température extérieure.

« Laissez-moi emporter le whisky et donnez-moi un peu d'argent, souffla-t-il. J'ai été roi autrefois. J'irai trouver le *deputy-commissioner* et demanderai une place à l'asile jusqu'à ce que j'aie retrouvé ma santé. Non, merci, je n'ai pas le temps d'attendre que vous me fassiez chercher un *gharri*[1]. J'ai des affaires particulières urgentes, dans le Sud, à Marwar. »

Il sortit péniblement du bureau et prit la direction de la maison du *deputy-commissioner*. Ce jour-là, à midi, ayant occasion de descendre le Mail sous la chaleur aveuglante,

---

1. Voiture de place.

and I saw a crooked man crawling along the white dust
of the roadside, his hat in his hand, quavering dolorously
after the fashion of street-singers at Home. There was not
a soul in sight, and he was out of all possible earshot of the
houses. And he sang through his nose, turning his head
from right to left:—

> *"The Son of Man goes forth to war,*
> *A golden crown to gain;*
> *His blood-red banner streams afar—*
> *Who follows in his train?"*

I waited to hear no more, but put the poor wretch into
my carriage and drove him off to the nearest missionary
for eventual transfer to the Asylum. He repeated the hymn
twice while he was with me whom he did not in the least
recognize, and I left him singing to the missionary.

Two days later I inquired after his welfare of the
Superintendent of the Asylum.

"He was admitted suffering from sun-stroke. He died
early yesterday morning," said the Superintendent. "Is it true
that he was half an hour bareheaded in the sun at midday?"

j'aperçus un estropié qui se traînait dans la poussière au bord de la route blanche, son chapeau à la main, chevrotant douloureusement à la manière des chanteurs des rues en Europe. Il n'y avait personne en vue, et l'homme était hors de portée d'oreille des maisons les plus proches. Il chantait du nez en tournant la tête de droite et de gauche :

> *The son of man gœs forth to war,*
> > *A golden crown to gain ;*
> *His blood-red banner streams afar —*
> > *Who follows in his train ?[1]*

Je ne voulus pas en entendre plus long. J'embarquai le misérable dans ma voiture et le conduisis au missionnaire le plus proche, à fin de transport éventuel à l'asile. Il répéta l'hymne deux fois pendant le temps qu'il passa avec moi qu'il ne reconnaissait pas le moins du monde, et je le quittai qu'il le chantait encore au missionnaire.

Deux jours après je m'enquis de son état auprès du directeur de l'asile.

— Ou l'a reçu ici atteint d'insolation, dit le directeur. Il est mort hier matin de bonne heure. Est-ce vrai qu'il a passé une demi-heure tête nue au soleil, à midi ?

---

1. Le fils de l'homme part en guerre,
   Il veut une couronne d'or ;
   Son drapeau rouge flotte au loin.
   Qui le suivra vers son destin ?

"Yes," said I, "but do you happen to know if he had anything upon him by any chance when he died?"

"Not to my knowledge," said the Superintendent.

And there the matter rests.

ɛnd

— Oui, dis-je ; mais savez-vous si par hasard il n'avait rien sur lui quand il est mort ?

— Pas que je sache, dit le directeur.

L'affaire en est restée là.

DANS LA MÊME ÉDITION BILINGUE + AUDIO INTÉGRÉ :

- TROIS CONTES RUSSES (Mikhaïl Saltykov-Chtchédrine) *russe-français*
- NIETOTCHKA NEZVANOVA (Fiodor Dostoïevski) *russe-français*
- LE PETIT HÉROS (Fiodor Dostoïevski) *russe-français*
- LE VIJ (Nicolas Gogol) *russe-français*
- LE NEZ (Nicolas Gogol) *russe-français*
- LE PORTRAIT (Nicolas Gogol) *russe-français*
- TARASS BOULBA (Nicolas Gogol) *russe-français*
- LE JOURNAL D'UN FOU (Nicolas Gogol) *russe-français*
- LA MÈRE (Maxime Gorki) *russe-français*
- LA PAUVRE LISE (Nikolaï Karamzine) *russe-français*
- LA DAME DE PIQUE (Alexandre Pouchkine) *russe-français*
- LA FILLE DU CAPITAINE (Alexandre Pouchkine) *russe-français*
- LA MORT D'IVAN ILITCH (Léon Tolstoï) *russe-français*
- LE FAUX-COUPON (Léon Tolstoï) *russe-français*
- PÈRES ET FILS (Ivan Tourgueniev) *russe-français*

- ROUDINE (Ivan Tourgueniev)   *russe-français*
- NOUS AUTRES (Ievgueni Zamiatine)   *russe-français*
- FLATLAND (Edwin A. Abbott)   *anglais-français*
- AGNÈS GREY (Anne Brontë)   *anglais-français*
- WUTHERING HEIGHTS (Emily Brontë)   *anglais-français*
- LA RACE À VENIR (Edward Bulwer-Lytton)   *anglais-français*
- LE NOMMÉ JEUDI (G. K. Chesterton)   *anglais-français*
- L'HÔTEL HANTÉ (Wilkie Collins)   *anglais-français*
- GASPAR RUIZ (Joseph Conrad)   *anglais-français*
- MA VIE D'ESCLAVE AMÉRICAIN (Frederick Douglass)   *anglais-français*
- MA VIE, MON ŒUVRE (Henry Ford)   *anglais-français*
- LISETTE LEIGH (Elizabeth Gaskell)   *anglais-français*
- LA FILLE DE RAPPACCINI (Nathaniel Hawthorne)   *anglais-français*
- LE LIVRE DES MERVEILLES (Nathaniel Hawthorne)   *anglais-français*
- SLEEPY HOLLOW (Washington Irving)   *anglais-français*
- LE TOUR D'ÉCROU (Henry James)   *anglais-français*
- LES PAPIERS D'ASPERN (Henry James)   *anglais-français*
- RASSELAS, PRINCE D'ABYSSINIE (Samuel Johnson)   *anglais-français*
- LE LIVRE DE LA JUNGLE (Rudyard Kipling)   *anglais-français*
- JOHN BARLEYCORN (Jack London)   *anglais-français*
- LES VAGABONDS DU RAIL (Jack London)   *anglais-français*
- L'ASSERVISSEMENT DES FEMMES (John Stuart Mill)   *anglais-français*
- LE VAMPIRE (John Polidori, Lord Byron)   *anglais-français*
- ROMÉO ET JULIETTE (William Shakespeare)   *anglais-français*
- HAMLET (William Shakespeare)   *anglais-français*
- OTHELLO (William Shakespeare)   *anglais-français*
- OLALLA (R. L. Stevenson)   *anglais-français*
- L'ÎLE AU TRÉSOR (R. L. Stevenson)   *anglais-français*
- L'ÉTRANGE CAS DE DR JEKYLL ET M. HYDE (Stevenson)   *anglais-français*
- WALDEN, OU LA VIE DANS LES BOIS (Thoreau)   *anglais-français*
- LA DÉSOBÉISSANCE CIVILE (Thoreau)   *anglais-français*
- PLUS FORT QUE SHERLOCK HOLMES (Mark Twain)   *anglais-français*
- LA MACHINE À EXPLORER LE TEMPS (H. G. Wells)   *anglais-français*

- LE PAYS DES AVEUGLES (H. G. Wells) *anglais-français*
- ETHAN FROME (Édith Wharton) *anglais-français*
- LE PORTRAIT DE DORIAN GRAY (Oscar Wilde) *anglais-français*
- LE FANTÔME DE CANTERVILLE (Oscar Wilde) *anglais-français*
- SALOMÉ (Oscar Wilde) *anglais-français*
- L'ÉTRANGE HISTOIRE DE PETER SCHLEMIHL (Chamisso) *allemand-français*
- CONTES CHOISIS (Frères Grimm) *allemand-français*
- L'HOMME AU SABLE (E.T.A. Hoffmann) *allemand-français*
- LE JOUEUR D'ÉCHECS (Stefan Zweig) *allemand-français*
- LE BOUQUINISTE MENDEL (Stefan Zweig) *allemand-français*
- LES CAHIERS DE MALTE LAURIDS BRIGGE (R.M. Rilke) *allemand-français*
- LES SOUFFRANCES DU JEUNE WERTHER (J.W. Goethe) *allemand-français*
- CONTES (H.C. Andersen) *danois-français*
- CORNÉLIA (Cervantès) *espagnol-français*
- RINCONÈTE ET CORTADILLO (Cervantès) *espagnol-français*
- ALICE AU PAYS DES MERVEILLES (Lewis Carroll) *espéranto-français*
- LA SAGA DE NJAL (Anonyme) *islandais-français*
- LES AVENTURES DE PINOCCHIO (Carlo Collodi) *italien-français*
- LA LOCANDIERA (Carlo Goldoni) *italien-français*
- LE PRINCE (Nicolas Machiavel) *italien-français*
- MAX HAVELAAR (Multatuli) *néerlandais-français*
- LE PETIT JOHANNES (Frederik van Eeden) *néerlandais-français*
- UNE MAISON DE POUPÉE (Henrik Ibsen) *norvégien-français*
- ANIELKA (Bolesław Prus) *polonais-français*
- BARTEK VAINQUEUR (Henryk Sienkiewicz) *polonais-français*
- MÉMOIRES POSTHUMES DE BRÁS CUBAS (M. de Assis) *portugais-français*

Impression CreateSpace
à Charleston SC, en octobre 2019.

Imprimé aux États-Unis.

L'ACCOLADE
Éditions

Découvrez l'ensemble de nos ouvrages
sur notre site :

www.laccolade-editions.com

Printed in Great Britain
by Amazon

60987004R00078